Bianca

SILENCIOS DEL PASADO
Melanie Milburne

HARLEQUIN™

Editado por Harlequin Ibérica.
Una división de HarperCollins Ibérica, S.A.
Núñez de Balboa, 56
28001 Madrid

© 2019 Melanie Milburne
© 2020 Harlequin Ibérica, una división de HarperCollins Ibérica, S.A.
Silencios del pasado, n.º 2765 - 18.3.20
Título original: Cinderella's Scandalous Secret
Publicada originalmente por Harlequin Enterprises, Ltd.

I.S.B.N.: 978-84-1328-785-0
Depósito legal: M-727-2020
Impreso en España por: BLACK PRINT
Fecha impresion para Argentina: 14.9.20
Distribuidor exclusivo para España: LOGISTA
Distribuidor para México: Distibuidora Intermex, S.A. de C.V.
Distribuidores para Argentina: Interior, DGP, S.A. Alvarado 2118.
Cap. Fed./Buenos Aires y Gran Buenos Aires, VACCARO HNOS.

Capítulo 1

LA SUITE del ático del grandioso y antiguo Edinburgh Hotel era la última del turno de Isla. Resultaba irónico que tuviera que ganarse la vida limpiando áticos en vez de vivir en ellos.

Llamó a la puerta y dijo:

—Servicio de limpieza.

Al ver que no había respuesta, deslizó su tarjeta por la cerradura de la suite y abrió la puerta.

Se sintió como si hubiera pisado en otro mundo, un mundo al que ella había pertenecido brevemente y al que había creído que podría pertenecer. ¿Era posible que solo hubieran pasado cinco meses de aquello?

Se colocó una protectora mano sobre el ligero abultamiento del vientre, donde sintió un ligero aleteo que le recordó que, tan solo cuatro meses más tarde, su vida volvería a cambiar. Para siempre.

Cerró la puerta de la suite y trató de hacer lo mismo con sus pensamientos, pero le resultó imposible. Le flotaban alrededor de la cabeza, como si fueran cuervos sobrevolando por encima de un cadáver, el de la breve relación que había tenido con el padre de su bebé.

Rafe Angeliri, que ni siquiera sabía que iba a ser padre.

Reconoció que, considerar una relación lo que había experimentado con Rafe era probablemente una definición demasiado generosa. Una aventura. Un ligue. Dos meses de locura. Una locura mágica y arrolladora.

Dos meses en los que se había olvidado de quién era, de dónde venía y lo que representaba. Se habían conocido en un bar y, en menos de una hora, ella había terminado en la cama con él. Había sido su primera aventura de una noche, aunque no había sido una noche porque Rafe le había pedido volverla a ver. Otra vez. Y una vez más. A los pocos días, estaban inmersos en una apasionada relación que ella no hubiera querido que terminara nunca.

Sin embargo, el fin llegó. Y fue ella quien lo provocó.

Miró el lujo de la suite. Durante su relación con Rafe, pasar la noche entre tales lujos era la norma. Dormir entre sábanas de algodón egipcio; beber champán francés en elegantes copas de cristal, comer en restaurantes con estrella Michelin, lucir ropa y zapatos de importantes diseñadores, llevar joyas que costaban más que un coche, ir a fiestas benéficas y a los mejores espectáculos y premieres vestida como una supermodelo en vez de ser una niña de acogida de los barrios más marginados de la ciudad. Una chica de barrio engalanada para parecer una princesa.

Alguien había dormido en la suite la noche anterior. La cama estaba deshecha por un lado. El modo en el que se había apartado la sábana le pinchó como si fuera la espina de una rosa. Incluso el aire olía vagamente familiar con una sutil mezcla de bergamota y cítricos que le puso a Isla el vello de punta. La suite parecía poseer una extraña energía, como si la presencia de una fuerte personalidad hubiera turbado recientemente las partículas de aire y estas aún no se hubieran recuperado.

Isla suspiró y se dirigió a la cama para quitar las sábanas. Tenía trabajo que hacer y no podía permitir que su imaginación se adueñara de ella. Ella había decidido su destino y no le importaba afrontar las consecuencias.

Sola.

Jamás se le había pasado por la cabeza decirle a Rafe que estaba embarazada. ¿Cómo podría haberlo hecho? No había querido correr el riesgo de que él la presionara para que abortara o ver cómo la rechazaba a ella y al bebé. A lo largo de su infancia, había experimentado frecuentes rechazos. Su propio padre la había entregado a los servicios sociales para que la criaran otras personas. ¿Cómo iba a permitir que Rafe la rechazara también? Tampoco había deseado que él le ofreciera casarse con ella porque sintiera que era su obligación. Sabía de primera mano cómo salían los matrimonios motivados por el deber: niños no deseados a los que no se le proporcionaba cariño ni cuidados y que terminaban pasando mucho tiempo en casas de acogida.

Hizo la cama con sábanas limpias del carrito y las estiró y colocó a la perfección. Entonces, ahuecó las almohadas y las situó cuidadosamente, poniendo encima los cojines de adorno. Terminó su tarea situando el pie de cama al otro lado del colchón. Acababa de dar un paso atrás para admirar su trabajo cuando oyó que la puerta de la suite se abría a sus espaldas.

Se dio la vuelta con una sonrisa para disculparse con el huésped.

–Lo siento. Aún no he terminado...

La sonrisa se desvaneció inmediatamente y el corazón comenzó a latirle alocadamente. Sintió que se le había hecho un nudo en la garganta. No era capaz de articular palabra ni podía impedir que el corazón le golpeara el pecho con fuerza. El pánico se apoderó de ella y miró de arriba abajo al padre de su bebé sin poder contenerse. Su mirada se veía atraída por una fuerza que el paso del tiempo no había logrado alterar. Debía haber una ley que impidiera a un hombre ser tan guapo, tan atlético y tan viril. Tan irresistible.

Al contrario de ella, Rafe Angeliri apenas había cambiado en los tres meses que habían transcurrido desde la última vez que lo vio. Su traje oscuro, de diseño, y la camisa blanca que llevaba puestos hacían justicia al cuerpo tan perfecto que cubrían. Las largas y musculadas piernas, el amplio torso, tonificados brazos, abdomen firme y liso… El cuello abierto de la camisa dejaba al descubierto el bronceado cuello y sugería el vello que le cubría el pecho. Atractivo como un modelo, alto y esbelto con una pronunciada mandíbula, dominaba una estancia con solo entrar en ella. Tenía el cabello negro y ligeramente ondulado, ni corto ni largo, pero peinado con mucho estilo hacia atrás. A pesar de ser un estilo algo casual, no ocultaba el empuje y la fuerza de su personalidad.

Sin embargo, los ojos castaños sí tenían una expresión incluso más cínica y había líneas de expresión a ambos lados de la boca que no habían estado antes.

–Isla –dijo él con una ligera inclinación de cabeza que resultó tanto formal como insultante–, ¿a qué debo el placer de encontrarte junto a mi cama?

Isla se apartó inmediatamente de la cama, como si esta hubiera prendido en llamas. Estar cerca de una cama cuando Rafe estaba a tan poca distancia era una mala idea. Tentadora, pero muy mala idea. Se habían pasado más tiempo en la cama que fuera de ella durante su breve y volátil romance. El sexo los había unido en medio de una tórrida atracción desde la primera vez que se conocieron. Lo suyo había sido una explosión de lujuria que había sacudido por completo a Isla. No había disfrutado del sexo hasta que lo experimentó con Rafe. Con él, se convirtió en algo increíble e, incluso en aquellos momentos, sentía que los recuerdos de los momentos vividos despertaban su cuerpo.

Tomó unas toallas limpias del carrito, desesperada

por ocultar el ligero abultamiento de su cuerpo. Nunca había tenido un abdomen especialmente liso, lo que le hizo esperar que Rafe no se diera cuenta del ligero cambio que se había producido en él. De hecho, siempre le había sorprendido que él la encontrara atractiva. Isla no se parecía en nada a las delgadas y glamurosas mujeres con las que él salía habitualmente. Además, deseaba ocuparse las manos con algo por si ellas sentían la tentación de borrar de un bofetón la mirada que él le estaba dedicando… o de agarrarle el rostro para que ella pudiera besar sus labios y olvidarse de todo menos de sus maravillosos y embriagadores besos.

—Trabajo en este hotel. Ahora, si me dejas que termine tu suite, me marcharé enseguida y…

—Pensaba que ibas a regresar a Londres para seguir con tus estudios de Bellas Artes —comenzó él frunciendo el ceño. Sus ojos marrones verdosos la observaban muy atentamente—. ¿Acaso no era ese el plan?

—Yo… cambié de opinión.

Isla se dirigió al cuarto de baño con las toallas. Las colocó sobre los toalleros y luego recogió las húmedas, colocándolas contra su cuerpo como una barrera. Sus planes habían cambiado en cuanto descubrió que estaba embarazada.

Todo había cambiado.

Rafe la siguió al lujoso cuarto de baño. Su presencia lo hacía parecer tan pequeño como una caja de pañuelos. Isla gruñó para sí mientras se miraba en el espejo. Jamás había sido tan consciente de la falta de maquillaje, de las ojeras que tenía en el rostro y de lo descuidado que llevaba el cabello bajo la cofia. Ni del abultamiento de su vientre bajo el delantal blanco. ¿La estaría Rafe comparando con su última amante? Isla había visto fotos suyas con numerosas mujeres durante los meses que habían pasado desde que terminaron su relación. No había podido evitar preguntarse si habría sido deliberado por parte de Rafe, como si hubiera querido que se le viera con todas las mujeres posibles para demostrar que su ego se había recuperado por el abandono de Isla. Después de todo, había sido ella quien rompió la relación, algo a lo que él, evidentemente, no estaba acostumbrado. Las mujeres se peleaban por estar con él. Nunca lo dejaban.

–Vaya, debió de ser muy repentino. Pensaba que te gustaba vivir en Londres.

Isla metió la tripa todo lo que pudo. Colocó las botellitas de cortesía sobre la encimera de mármol para tener algo que hacer con las manos. Le molestaba que le temblaran más de lo que había deseado.

–Me sentía preparada para cambiar de ambiente. Además, ya no me podía permitir vivir en Londres.

Rafe frunció los labios.

–¿Es que hay alguien más? ¿Por eso terminaste lo que había entre nosotros?

Isla lo miró a través del espejo.

–¿Nosotros? –replicó con amargura–. No había un nosotros y lo sabes. Fue una aventura, eso es todo. Y yo quería que terminara.

–Mentirosa –le espetó él–. Al menos, ten la decencia de ser sincera conmigo.

¿Sincera? ¿Cómo podía ser sincera sobre sí misma? Sobre su pasado. Sobre su vergüenza. No importaba que llevara trajes de alta costura o de segunda mano. La vergüenza ardía como una llama dentro de ella.

–No hay nadie más. Te lo dije en mi nota. Simplemente quería terminar.

Descubrir que estaba embarazada de Rafe había sumido a Isla en una aterradora incertidumbre. Pensar que él podría rechazarla, expulsarla a ella y a su bebé de su vida, como el padre de Isla había hecho con ella hubiera sido demasiado doloroso. No se le ocurría ningún modo de decirle lo del embarazo que no fuera a causar una destrucción irreversible en su vida. No lo conocía desde hacía el tiempo suficiente ni podía estar segura de que él no tratara de presionarla para que abortara. En cualquier caso, ella no lo habría permitido. Ya tenía suficientes dudas sobre su capacidad para ser madre. Había estado en casas de acogida desde que tenía siete años. Los recuerdos que tenía de su propia madre eran escasos y, en algunos casos, dolorosos. ¿Qué clase de madre sería ella? Ese pensamiento la preocupaba constantemente, hasta el punto de mantenerla despierta por las noches. Las dudas y los miedos le golpeaban la cabeza como si fueran martillos en miniatura.

–Ah, sí. La nota –comentó él con desprecio.

–Tú eres el que tiene que ser sincero. Solo estás enfadado porque fui yo la que te dejó. Sin embargo, tú mismo habrías terminado lo que había entre nosotros tarde o temprano. Ninguna de tus aventuras dura más de un mes. Yo ya estaba en tiempo extra.

Rafe tensó un músculo de la mandíbula.

–¿No podrías haber esperado hasta que regresara de Nueva York para decírmelo a la cara? ¿O es que no viniste conmigo en aquel viaje por eso, porque llevabas tiempo planeando dejarme mientras yo estaba fuera, negociando aquel contrato? No querías correr el riesgo de que yo te hiciera cambiar de opinión.

Isla apretó los labios. Le estaba costando mantener el genio. Sabía muy bien lo importante que aquel contrato era para él. El mayor de su carrera. El hombre con el que debía negociarlo era un hombre de familia, muy religioso, que podría no haber firmado el contrato si hubiera saltado la noticia de que la amante de Rafe estaba embarazada. Había empezado a sentir náuseas justo antes de que él le sugiriera que lo acompañara a

Nueva York. Al principio, Isla había pensado que tan
solo se trataba de una molestia estomacal y había decidido quedarse en la casa que él tenía en Sicilia mientras
él se marchaba a los Estados Unidos. Lo había acompa-
ñado a todas partes durante los dos meses que llevaban
juntos. Sin embargo, poco a poco había empezado a
sospechar que estaba embarazada hasta el punto en el
que ello había sido lo único en lo que había podido
pensar. Decidió que, cuando lo supiera con certeza por
fin, preferiría estar sola. No quería que Rafe la encontrara con una prueba de embarazo en la mano o vomi-
tando en el cuarto de baño.

Cuando vio que el resultado de la prueba era posi-
tivo, supo lo que tenía que hacer.

Debía terminar con lo que había entre ellos y salir
de su vida antes de que pudiera hacer más daño. Le
habría causado un daño del que no habría sido fácil
recuperarse. La caja de Pandora que era su pasado hubiera provocado caos y destrucción en la vida de Rafe.
El contrato de Nueva York se habría visto comprometido. Si se hubiera filtrado una foto de ella en ropa interior, bailando en aquel sórdido club de caballeros, la
posibilidad de que Rafe consiguiera un puesto en la
importante organización benéfica infantil habría quedado hecha pedazos. Sus futuros contratos de negocios
se habrían visto comprometidos por la mancha que suponía el pasado de Isla.

Isla levantó la barbilla y le dedicó una gélida mirada.

–No habrías podido hacerme cambiar de opinión.

Rafe le miró primero la boca y luego de nuevo los
ojos.

–¿Estás segura de eso, *cara*? –le preguntó, con voz
baja y sensual, casi como si fuera una caricia de la
mano entre las piernas. La ardiente mirada amenazaba
con abrasarle los ojos.

Isla se apartó de la encimera de mármol y agarró las toallas usadas. Tenía que alejarse de él antes de que hiciera o dijera algo de lo que se arrepentiría, como revelarle que iba a ser padre. En realidad, sabía que él tenía todo el derecho a saberlo y si Rafe hubiera provenido de un ambiente similar al de ella, se lo habría dicho sin dudarlo.

Sin embargo, ambos venían de mundos muy diferentes.

–Deja eso –le ordenó con el ceño fruncido–. ¿Por qué estás limpiando habitaciones de hotel? Estoy seguro de que podrías haber conseguido un trabajo más en línea con tus aspiraciones artísticas.

Isla se apretó las toallas contra el cuerpo. necesitaba protegerse de algún modo contra la potente presencia de Rafe.

–Trabajo para una amiga, ayudándola. Ella tiene una agencia de servicios de limpieza. Tal vez la conozcas –dijo. Siempre se había enorgullecido de su capacidad de actuación. ¿Acaso no se había pasado la mayor parte de su vida fingiendo ser alguien que no era?

–No, pero lo tendré en cuenta. Estoy pensando en comprar este hotel.

–¿No tienes ya suficientes hoteles? –le preguntó Isla sin poder contener el sarcasmo que tenía en la voz–. Es decir, conseguiste ese contrato de Nueva York, ¿no? ¿Uno de los mayores?

–Me alegra saber que te has estado interesando por mis asuntos –replicó él con una ligera sonrisa.

¿Por qué había tenido que decirlo como si se pasara el día leyendo los periódicos para buscar información sobre Rafe? Isla trató de adoptar una expresión aburrida para tratar de recuperar el terreno perdido y trató de regresar a la habitación.

–Mira, tengo que terminar esta suite. Mi turno está a punto de terminar.

Rafe le agarró un brazo. Inmediatamente, la piel de Isla reaccionó al contacto. Todos los nervios de su piel se pusieron en estado de alerta, recordando, deseando, necesitando…

–Quédate y tómate una copa conmigo… –le dijo él en voz muy baja, una voz que la excitaba de la misma manera que las burbujas del champán.

–No puedo –mintió ella mientras se zafaba de él–. Tengo otra cita.

Algo se dibujó en la mirada de Rafe, pero desapareció rápidamente. ¿Desilusión? ¿Dolor? ¿Ira? Isla no podía estar segura de qué se trataba.

–Estoy seguro de que no les importará esperar.

Isla levantó la mirada con gesto desafiante.

–Ya no puedes obligarme a hacer nada, Rafe…

Él levantó las cejas ligeramente y recuperó su cínica sonrisa.

–¿Cuándo he tenido que obligarte, *cara mia*? Tú también lo deseabas, ¿verdad?

Rafe hablaba con voz tan baja, tan profunda, que parecía que salía del suelo. Era lo suficientemente poderosa como para despertar algo en lo más íntimo de su ser, algo que reverberó en su cuerpo como si se tratara de un diapasón.

Isla trató de bloquear la tormenta de recuerdos eróticos que se apoderaron de ella. Recuerdos de extremidades entrelazadas, de sensaciones de gozo, de plenitud y de increíble sensualidad. El sabor de Rafe, el aroma en el aire del acto sexual, el tacto de las manos de él acariciándole los muslos, cerca de su vibrante feminidad. Ella contuvo el aliento y se dirigió de nuevo al carrito. Se agarró al asa para no sentir la tentación de tocarlo a él. ¿Cómo era posible que no fuera ya inmune a él? No había sentido ningún tipo de atracción por ningún hombre desde que rompieron. Se preguntó si podría volver a sentirla.

–Tengo que marcharme –dijo mientras empujaba el carrito hacia la puerta.

–Una copa –replicó él haciendo que Isla se detuviera–. En el bar de abajo. Te prometo que no te entretendré mucho. Por favor, *cara* –añadió después de una pequeña pausa.

Isla debería haberse marchado sin decir ni una palabra, pero había algo en el tono de la voz de Rafe que la detuvo. Si se negaba, parecería que era una maleducada. Después de todo, había sido ella la que había dado por terminada la relación. Debería ser Rafe el que se mostrara poco afable. Ella le había dejado una nota en su casa en vez de decírselo cara a cara. Lo más revelador de la ruptura era que ella solo había recibido una llamada de teléfono por parte de Rafe en la que él le había dejado un mensaje de voz muy hiriente. Una última llamada que le había permitido desahogarse y, de ese modo, confirmarle a ella que había hecho lo correcto. Si de verdad a Rafe le hubiera importado ella lo más mínimo, le habría llamado muchas veces y habría hecho todo lo posible por localizarla y por reunirse con ella para suplicarle que regresara a su lado. Sin embargo, los hombres como Rafe Angeliri no suplican. No tienen por qué. Las mujeres nunca los dejan, sino que les suplican a ellos que no se vayan.

Sabía que, en aquellos momentos, el embarazo se le notaba aún muy poco. Tal vez una copa con él serviría para asegurarle que estaba bien y que le había dado un nuevo rumbo a su vida. Le debía esos minutos de su tiempo. Era el padre de su hijo, aunque Isla se había jurado que no se lo diría nunca. Utilizaría aquel encuentro para saber qué planes tenía él y así ajustar los suyos propios. Si él iba a pasar mucho tiempo allí en Edimburgo, ella tendría que marcharse, desaparecer y esperar que él no fuera a buscarla.

Se dio la vuelta para mirarlo, sumida en un mar de sentimientos encontrados. ¿Cuándo había podido resistírsele? Nunca. Por eso, tenía que tener mucho cuidado.

–Está bien. Una copa.

Cuando la puerta se cerró a sus espaldas, Rafe dejó escapar un suspiro que no se había dado cuenta de que estaba conteniendo. Habían pasado cinco meses y aún le resultaba imposible estar en la misma habitación que ella sin desearla. La lujuria le había golpeado con fuerza. Verla de pie junto a su cama le había despertado muchos recuerdos, recuerdos que no había sido capaz de borrar de su pensamiento ni de su cuerpo. Era como si Isla McBain se hubiera grabado a fuego sobre su piel. Ninguna otra mujer podía satisfacer el anhelo y el deseo que ella despertaba en él. Había salido con otras mujeres desde entonces, pero, cada vez que pensaba en acostarse con una de ellas, algo le hacía detenerse. Se estaba convirtiendo en un monje. Tenía que solucionarlo rápidamente para poder seguir con su vida.

Para poder olvidarla.

Rafe se sentía furioso consigo mismo por seguir sintiendo tanta amargura sobre su ruptura. Normalmente, era él quien terminaba las relaciones. Era él quien marcaba el ritmo y lo cambiaba cuando le convenía. Había sido una nueva experiencia, algo incómoda, que Isla lo abandonara a él cuando estaba fuera de la ciudad trabajando en el mayor y más importante contrato de su carrera. Y, especialmente, cuando la había llevado a su hogar, a Sicilia. Ella había sido la primera amante a la que había llevado a su santuario privado.

Su mansión de Sicilia estaba vedada normalmente a sus amantes. Por una vez, había bajado la guardia. Se había llevado allí a Isla, había cancelado importantes reuniones de trabajo solo para poder estar con ella sin que la prensa documentara cada momento. Había algo en su relación que le había hecho desear mantenerla fuera del ojo público, no porque no le gustara estar con ella, porque le gustaba y mucho. Mucho más de lo que le había gustado estar con sus anteriores amantes.

Sin embargo, de algún modo, se había equivocado con ella y eso le molestaba. Mucho. Lo que más le dolía era que sospechaba que Isla había esperado hasta que él estaba preocupado con el contrato para poder maximizar el impacto.

Regresar a una mansión vacía y encontrar una nota de Isla sobre la chimenea le había tomado por sorpresa y le había hecho sentirse muy herido. Esto era lo que más le molestaba. Era lo mismo que le había hecho sentir su padre con su duplicidad. Había tenido dos familias simultáneamente. Dos esposas, dos familias. Cada una de ellas pensaba que era lo más importante para Tino Angeliri hasta que Rafe descubrió la verdad cuando tenía trece años. Una llamada de teléfono de un empleado de su padre lo cambió todo. Lo reveló todo. Su padre había sufrido un terrible accidente de automóvil y estaba gravemente herido y ese empleado se había sentido en la obligación de informar a Rafe y a su madre de la gravedad de las heridas de Tino. Sin embargo, cuando los dos volaron a Florencia para estar junto a Tino, descubrieron que ya tenía otros acompañantes. Cuatro. Su otra familia. Su esposa y sus dos hijos. La primera familia de su padre. La familia oficial. La otra vida de su padre. Rafe había permanecido junto a la cama del hospital, recordando todas y cada una de las mentiras de su padre. Años y años de descaradas mentiras.

Rafe era el sucio secreto de su padre. Su hijo ilegítimo.

Por ello, al regresar a casa y encontrarse con la nota de Isla, Rafe había experimentado tal rabia que la había roto en mil pedazos. Le había recordado al momento en el que entró en aquel hospital de Florencia, cuando descubrió que todo lo que creía sobre él y su familia era falso. Un montón de mentiras. Secretos y mentiras. No se había dado cuenta de que era capaz de experimentar tal ira hasta que se apoderó de él con tanta fuerza. ¿Por qué no se había dado cuenta antes? Debía de haber habido alguna señal de la que él no se percató. ¿O acaso Isla le había engañado deliberadamente, haciéndole creer un falso sentido de seguridad, igual que lo había hecho su padre durante tantos años? Fingir, mentir y engañar. Los tres pecados capitales dc cualquier relación.

Había llamado a Isla en cuanto leyó la nota y le había dejado un mensaje. No se trataba de un mensaje del que se sintiera particularmente orgulloso, pero no estaba dispuesto a dar segundas oportunidades. Ella no le devolvió la llamada y, en cierto modo, Rafe se alegró. Las rupturas limpias eran mucho más aconsejables. Sin embargo, no había nada sobre aquella ruptura que le resultara limpio.

Recorrió el salón de la suite incansablemente. Notaba algo raro en ella. Su lenguaje corporal, su mirada, su recelo… ¿Por qué había decidido abandonar sus estudios de Bellas Artes para seguir en Escocia? Se había mostrado muy apasionada sobre su arte y le había dicho en repetidas ocasiones lo mucho que le gustaba vivir en Londres. Rafe había visto algunos de sus dibujos y se había quedado muy sorprendido por su talento. ¿Qué era lo que le había hecho dar la espalda a sus sueños y trabajar para una amiga en un empleo en el que no utilizaba su creatividad? ¿Había ocurrido algo en el tiempo que había pasado desde su ruptura, algo que hubiera envenenado sus aspiraciones artísticas?

Se volvió a mirar la cama y se la imaginó allí tumbada, rodeándole el cuerpo con sus esbeltas piernas. Lanzó una maldición y se apartó, completamente asqueado consigo mismo. Le resultaba increíble ver cómo Isla aún era capaz de dominar sus deseos.

Ella era, de lejos, la mujer más apasionada y fascinante con la que había estado nunca. No podía evitar preguntarse si esa era la razón por la que nadie más había podido estar a su altura. Su rápido ingenio, su personalidad… Había muy pocas personas que se enfrentaran a él y muy pocas mujeres lo trataban como un igual en vez de como alguien con quien escalar en sociedad.

Isla había sido diferente. Ella había hecho que fuera virtualmente imposible sentirse satisfecho por otra mujer. Había disfrutado con los acalorados debates y con el hecho de que todas las disputas se resolvieran entre las sábanas.

En aquellos momentos, parecía una mujer diferente. Su figura seguía siendo esbelta, pero sus curvas parecían haber madurado, lo que le provocaba un deseo incontenible por tocarla, por sentirla, por olerla y por saborearla. Sus senos eran más rotundos… Tenía que dejar de pensar en aquellos hermosos pechos. En lo suaves que eran bajo sus manos, bajo sus labios y lengua. En lo que sentía al tenerla moviéndose debajo de él, gozando hasta que él le hacía gritar de placer y conseguía que alcanzara el paraíso.

La nueva energía que la rodeaba le intrigaba profundamente. Había desafío en su mirada e, instantes después, parecía querer huir de su lado. La piel le palidecía y se le sonrojaba y su cuerpo se apartaba del de él cuando siempre había apuntado hacia Rafe como si fuera una brújula buscando el norte.

El rechazo de Isla le escocía aún más. Volver a verla

había abierto de nuevo la herida y la había dejado en carne viva. Tenía que curarla y, de ese modo, conseguir seguir con su vida. Una copa con ella y se marcharía de su lado sin mirar atrás. Se lo debía a sí mismo. Tenía que dejar todo lo que habían compartido en el pasado, donde debía estar, de una vez por todas.

Lo que habían compartido había terminado entre ellos y, cuanto antes lo aceptara, mucho mejor.

Capítulo 2

ISLA se cambió el uniforme de trabajo por su ropa de calle. Ya no disponía de las prendas de diseño que Rafe le había comprado. Lo dejó todo, dado que no quería nada que le recordara a la relación que habían tenido... a excepción de lo que llevaba dentro de su cuerpo.

Normalmente, se ponía ropa práctica y barata. Se puso unos leggins negros y un jersey de manga larga, pero, en vez de ocultar sus formas, las prendas parecían realzarlas. Se acarició el vientre con la mano. Era imposible que el bebé hubiera crecido en las últimas horas... Se apartó el jersey del abdomen, pero, en cuanto lo soltó, este volvió a ceñirse delicadamente contra su cuerpo.

Se puso la chaqueta, aunque hacía demasiado calor para llevarla en el interior del hotel. Se abrochó los botones y se miró al espejo del vestuario. Hizo todo lo posible por ignorar a su conciencia, que le preguntaba hasta dónde era capaz de llegar para evitar que Rafe se enterara de su embarazo.

Sacó la pequeña bolsa de maquillaje del bolso e hizo todo lo que pudo por refrescar sus rasgos. Cuando terminó, se abrió de nuevo la chaqueta para pasarse una vez más la mano por el vientre. ¿Era imaginación suya o el bebé parecía estar más activo que de costumbre? Estaba acostumbrada a decir que era su bebé, pero lo era también de Rafe. Su conciencia le dedicó un nuevo aguijonazo. El bebé de Rafe. Y él tenía todo el derecho del mundo a saberlo. ¿Acaso no había pensado así siempre? Lo del contrato de Nueva York ya era historia, entonces, ¿por qué no podía decirle lo del bebé? Existía el riesgo de que pudiera rechazar al bebé, pero ella no le pediría su implicación si él no la deseaba.

El hecho de que Rafe pudiera rechazar al bebé le provocaba un nudo en el corazón. Lo único que no deseaba para su hijo era un padre que no lo quisiera. Aquello era algo que Isla ya había experimentado y que, tras el rechazo, había dado paso a años y años de casas de acogida, sin pertenecer nunca a nadie, sin que nadie decidiera adoptarla. Sin sentirse nunca amada.

No. Su bebé se merecía algo mejor y ella haría todo lo que estuviera en su mano para darle a su hijo la mejor infancia que pudiera, con o sin el apoyo de Rafe.

Respiró profundamente y volvió a abrocharse la chaqueta. Buscaría la oportunidad de decírselo durante el tiempo que estuvieran tomando la copa.

El bar del hotel estaba en el entresuelo. Isla entró muy nerviosa, con un nudo de tensión en el estómago. Rafe estaba sentado en un rincón apartado, ocupando uno de los dos sillones de estilo Chersterfield. Como si hubiera presentido que ella había llegado, levantó la mirada del teléfono móvil y se fijó inmediatamente en ella. Isla sintió como una especie de descarga eléctrica por todo el cuerpo. Era como si los dos fueran las únicas personas que había en el bar. O en el planeta. O en el universo. Por mucho que se esforzara, no podía apartar la mirada de él. Había quedado prendida en los ojos de él y su cuerpo parecía estar a sus órdenes, como si Rafe la hubiera programado con sus coordenadas particulares.

Aún iba vestido con el traje azul oscuro y la camisa blanca, pero se había puesto una corbata plateada y

negra. Aquel pequeño cambio produjo en Isla una extraña sensación. Siempre había admirado la atención
que Rafe prestaba a todos los detalles en lo que se refería a las citas. Durante los meses que había estado con
él, Isla no había abierto ni una sola puerta de un coche
ni nunca había tomado asiento sin que él esperara a que
ella lo hiciera primero. Era tan diferente del modo en el
que la habían tratado los otros hombres de su vida que
se había sentido muy especial y había disfrutado cada
instante, sintiéndose alguien de mucho valor para él.

Rafe se levantó al ver que ella se acercaba. La miró
de arriba abajo.

—Estás muy guapa, pero te prefería con ese uniforme
tan sexy de doncella —murmuró.

Isla sonrió muy secamente y se sentó en el otro sillón. Después, colocó el bolso sobre el suelo.

—Espero que este hotel no tenga normas que prohí-
ban la confraternización de las empleadas de la limpieza con los huéspedes.

—Si la hay, yo me ocuparé de ella —dijo él. Entonces,
frunció el ceño—. ¿No te quieres quitar la chaqueta? Hace
calor aquí.

—No. Todavía no.

—¿Qué te apetecería beber? —le preguntó Rafe mientras le hacía una seña al camarero.

—Algo sin alcohol. Una limonada.

Rafe levantó las cejas muy sorprendido.

—¿No te apetece champán? ¿O un cóctel? Antes te
encantaban…

—¿Sabes ese dicho que dice «cuando la vida te da
limones…»? Pues solo tengo que decirte que ahora me
encanta la limonada.

Rafe pidió las bebidas al camarero y, cuando se que-
daron solos, estudió el rostro de Isla durante un largo
instante.

–Pareces otra. ¿Tanto te molesta mi compañía?

Isla sintió que se ruborizaba. Además, la chaqueta estaba empezando a hacer que se sintiera como si estuviera sentada en una sauna.

–Me ha sorprendido bastante encontrarme contigo de esa manera, mientras estaba haciendo tu habitación. Yo… aún no me he recuperado –dijo. La respuesta parecía totalmente razonable y era más o menos la verdad.

–Eso es cierto.

En ese momento, el camarero regresó con sus bebidas y las colocó encima de la mesa antes de marcharse discretamente.

Rafe observó cómo Isla tomaba un generoso sorbo de limonada y frunció el ceño. La limonada estaba fría y dulce, pero no parecía estar ayudándola en nada a reducir el rubor que le cubría el rostro. Tenía gotas de sudor en la línea del cabello y parecía estar muy acalorada.

–¿Por qué me miras de ese modo? –le preguntó ella tras colocar el vaso sobre la mesa.

–No eres feliz.

–No veo por qué eso podría ser asunto tuyo –replicó ella mientras se apartaba un mechón del rostro, incómoda ante tal escrutinio y temerosa de lo que Rafe podría descubrir.

–Yo podría haberte hecho muy feliz, *cara*…

–¿Cómo? –preguntó ella cruzándose de piernas–. ¿Vistiéndome como una muñeca? ¿Ser un juguete con el que solo jugabas cuando te apetecía? No, gracias.

–Te dije que ese contrato era muy importante para mí. Es una pesadilla conseguir que Bruno Romano se tome un café contigo, con lo que mucho más negociar una cadena hotelera de ese tamaño. Siento que tú pensaras que no te hacía caso.

−¿Por qué te interesa este hotel? No sabía que te interesaba tener propiedades en Escocia.

−No lo estaba hasta que te conocí a ti. Tú despertaste mi interés −comentó él tras tomar un sorbo de whisky.

Saboreó el líquido durante un instante antes de tragarlo. Isla no podía apartar la mirada del movimiento de la bronceada garganta, observando la barba que había comenzado a aparecerle alrededor de la boca y por la mandíbula. Apretó con fuerza el vaso, recordando el sensual tacto de aquella piel y el modo en el que gozaba cuando sentía cómo le arañaba suavemente los senos. Y entre los muslos…

Lo miró de nuevo, tratando de mantener la conversación con una expresión neutra en el rostro.

−¿Vas a comprarlo?

Rafe apretó el vaso de whisky entre las dos manos. Sus largos dedos se solapaban unos encima de otros. Una vez más, recordó cómo aquellos dedos provocaban un caos en sus sentidos cuando acariciaban su cuerpo.

−Hasta ahora me gusta lo que he visto −comentó. De algún modo, Isla no se sintió del todo segura de que Rafe estuviera hablando sobre el hotel.

Isla dejó escapar un tembloroso suspiro y tomó otro sorbo de limonada. Era totalmente consciente de que él la estaba mirando. Tenía demasiado calor por la chaqueta que llevaba aún puesta, pero también por estar tan cerca del hombre que había hecho arder cada centímetro de su cuerpo con sus caricias.

Rafe se inclinó hacia delante y dejó el whisky sobre la mesa. Después, se reclinó sobre el asiento y colocó las manos sobre los muslos.

−Dime por qué dejaste tus estudios de Bellas Artes.

Isla se encogió de hombros. Sabía que ya se lo debería haber dicho a Rafe. Su conciencia la animaba a hacerlo, pero no era capaz de encontrar el valor suficiente.

–Perdí interés cuando regresé al Reino Unido. Ya me había perdido la mitad de un semestre por estar en Italia contigo. Recordarás que solo había planeado que serían dos semanas.

–Seguramente, podrías haberlo recuperado.

–No me apetecía –dijo mirando el interior del vaso de limonada–. Era una utopía pensar que me podría ganar la vida pintando retratos. Decidí que no merecía la pena el esfuerzo de intentarlo.

Rafe frunció un poco más el ceño.

–No creo que limpiar habitaciones de hotel te vaya a satisfacer a largo plazo.

El orgullo hizo que Isla tensara los hombros y entornara la mirada.

–Ten cuidado, Rafe. Se te nota tu infancia privilegiada. De todos modos, mi amiga Layla sí ha conseguido ganarse la vida así. O lo está empezando a hacer.

–Pero tú eres una artista, no una mujer de negocios.

Isla lanzó una carcajada.

–Hablando así parece que me conoces. No es así.

–Te conozco lo suficientemente bien como para saber que no te sentirás satisfecha a menos que puedas expresar tu creatividad –afirmó Rafe. Se inclinó ligeramente hacia delante, apoyando los antebrazos sobre los muslos para poder mirarla con intensidad–. Tengo una propuesta para ti. De negocios, no personal.

Isla levantó las cejas.

–¿Sí? A ver si lo adivino… ¿Quieres que pinte tu retrato?

–No. En realidad, el de mi abuela. La madre de mi madre. Está a punto de cumplir los noventa años y resulta difícil agradarle. No creo que le haya gustado nunca nada de lo que le he comprado, pero he pensado que un retrato podría ser un bonito regalo para ella.

Isla se mordió los labios. Resultaba irónico que Rafe

le ofreciera su primer encargo. No podía aceptarlo, pero al pensar en el dinero que él estaría dispuesto a pagar, le hizo pensárselo. Sin embargo, ¿por qué querría encargárselo a ella? ¿Acaso pensaba que podía tener una nueva aventura romántica con ella? Fuera lo que fuera, Isla no podía evitar sentirse intrigada por la familia de Rafe. Casi nunca le había contado nada sobre su pasado y ella había evitado igualmente mencionar el suyo. De algún modo, habían llegado a un acuerdo tácito para no hablar de las familias.

–Estoy segura de que hay otros artistas, mucho más reputados que yo, a los que podrías encargárselo –comentó.

–Te quiero a ti –dijo Rafe, con un brillo en los ojos que parecía sugerir que no solo era la habilidad artística de Isla lo que le interesaba.

Fuera como fuera, la posibilidad de reiniciar de nuevo su relación, por muy excitante que pudiera resultar, estaba totalmente descartada.

Isla dejó el vaso sobre la mesa y se puso de pie.

–Lo siento. No estoy disponible.

–Piénsalo, Isla. El precio lo pones tú.

Ella estaba lo suficientemente cerca como para oler el aroma que emanaba de la piel de Rafe, para ver las tonalidades marrones y verdosas que le adornaban los iris de los ojos y les daban un aspecto de caleidoscopio. El aire parecía vibrar de energía. De una tensión sexual tan poderosa que le despertaba deliciosas sensaciones en su interior y le hacía recordar el placer que había experimentado entre sus brazos, un placer que no había podido borrar de su pensamiento. Lo tenía grabado en el cerebro y en el cuerpo, de manera que, cada vez que Rafe estaba cerca de ella, la carne le vibraba de excitación.

Sabía que tenía impedir aquello allí mismo y en

aquel mismo instante. No podía acceder a pasar tiempo con Rafe bajo ninguna circunstancia. Él le había dicho que ella podría ponerle precio, pero a Isla le daba la sensación de que ella terminaría pagando un precio aún mayor.

–Rafe, hay algo que tengo que decirte…

–¿De qué se trata?

Isla lo miró y volvió a sentarse. Tenía un nudo en la garganta.

–La razón por la que me marché tan repentinamente… –empezó. «Dios, ¿por qué era aquello tan difícil?»–. Tenía miedo de cómo reaccionarías y yo…

Rafe frunció el ceño.

–¿Acaso me engañaste? Dime, Isla. ¿Me fuiste infiel?

El tono de su voz reflejaba más dolor que ira. Isla sintió deseos de soltar una carcajada ante lo absurdo de aquella idea. Él era el amante más maravilloso y excitante y le había echado de menos cada día desde que se separaron. Probablemente, lo seguiría echando de menos durante el resto de su vida.

–No, por supuesto que no. No es eso.

–Entonces, ¿de qué se trata?

Isla respiró profundamente y, lentamente, lo dijo.

–Estoy… embarazada.

Él la miró sin reaccionar, como si no hubiera comprendido lo que ella había dicho.

–Rafe, voy a tener un bebé –añadió ella mientras se desabrochaba la chaqueta para dejar al descubierto el ligero abultamiento de su abdomen. Rafe frunció las cejas y palideció. Todos los músculos de su rostro se tensaron.

–¿Estás… embarazada? –replicó él por fin, con una mezcla de sentimientos que iban desde la sorpresa al horror, pasando por la ira y el dolor.

Isla se apretó las manos sobre el vientre y se preparó para el rechazo.

—No quería decírtelo porque…

—¿Es… mío?

—Yo…

Isla fue incapaz de seguir hablando cuando por fin experimentó el dolor que le había causado aquella pregunta. Rafe tenía todo el derecho del mundo a preguntar, pero a ella le dolía que la creyera capaz de tamaña traición. Tal vez no había sido del todo sincera con él sobre su pasado, pero jamás engañaría a su pareja con otro hombre. Iba en contra de su código moral.

—Respóndeme, maldita sea…

Isla asintió ligeramente.

—Sí, por supuesto que lo es. Siento no habértelo dicho antes.

Rafe se puso de pie como si el sillón hubiera explotado.

—Un momento, no pienso tener esta conversación en un bar. Vamos arriba. Ahora.

—No creo que eso sea una buena idea en estos momentos…

—Harás lo que yo diga. Me lo debes —afirmó él. Estaba apretando con tanta fuerza los labios que estos habían perdido su color y de los ojos le saltaban chispas de ira.

Isla levantó la barbilla.

—Me puedes decir que salga de tu vida aquí mismo. No es necesario que suba a tu suite.

—¿Es esa la opinión que tienes de mí?

Isla ya no sabía qué pensar. Rafe no se comportaba tal y como ella había esperado. Estaba enfadado, sí, pero, por alguna razón, ella sentía que estaba más furioso consigo mismo que con ella. No quería montar una escena en un lugar público, así que cedió, pero con la menor gracia posible. No quería que él pensara que le podía dar órdenes como si fuera una de sus empleadas. Se levantó y se colgó el bolso del hombro. Entonces, le dedicó una mirada airada.

—Puedes comportarte así sí quieres, pero sabes que conmigo no funciona la estrategia de machito furioso.

—Contigo no parece que funcione nada –le espetó él en tono cortante.

La condujo hasta el ascensor privado que iba directamente hasta el ático agarrándole del brazo. Cuando apretó el botón, Isla sintió que, bajo la tensión que emanaba de su piel, también había dolor y eso la avergonzó. No se le había ocurrido pensar cómo se sentiría él cuando descubriera que ella estaba embarazada o, al menos, había tratado de no pensarlo. Se había concentrado demasiado en protegerlo de su pasado y de protegerse a sí misma de aparecer en periódicos y revistas. Se había hecho creer que Rafe estaría mejor no sabiendo que iba a ser padre, que era más fácil que ella desapareciera que correr el riesgo de que él le pidiera matrimonio o le exigiera que abortara.

Realizaron en silencio el trayecto en ascensor. Los espejos de las paredes reflejaban el rostro de Rafe, la tensión que emanaba de sus rasgos, como si estuviera repasando los momentos que ambos habían vivido juntos y se estuviera preguntando cómo habían llegado a esa situación.

Por fin, el ascensor llegó a su destino y las puertas se abrieron. Isla salió detrás de él y oyó cómo las puertas volvían a cerrarse a sus espaldas. Dejó que el bolso cayera al suelo y sintió que tenía las piernas tan débiles que existía la posibilidad de que cedieran bajo su peso. Entonces, Rafe se dio la vuelta y la miró fijamente, interrogándola con los ojos.

–A ver si me entero bien. ¿Sabías que estabas embarazada antes de que te marcharas?

–Sí… –susurró ella.

–¿Cómo ocurrió?

–Pues del modo habitual…

–¡Me dijiste que estabas tomando la píldora y yo siempre utilicé preservativos! No se pueden tomar más medidas… a menos que me mintieras –añadió en tono acusador.

–Tomaba la píldora, pero tal vez comprometí su efectividad el fin de semana que nos fuimos a París. Tuve problemas de estómago, ¿te acuerdas? Y tú no siempre utilizabas preservativo –añadió ella mirándolo fijamente a los ojos–. Hicimos el amor en la ducha en un par de ocasiones sin protección.

Algo se reflejó en la mirada de Rafe. Parecía estar recordando aquellas apasionadas sesiones con íntimo detalle, como si estuviera viendo una película erótica. Imágenes de ellos juntos, envueltos por el vapor del agua caliente mientras esta le caía por los cuerpos desnudos. Imágenes de él lamiéndole un pecho o de ella lamiéndole a él, sacando la esencia de su cuerpo hasta que gemía de placer y parecía que las piernas no iban a aguantar su peso. Imágenes de ella con las manos contra el mármol de la pared de la ducha y de él hundiéndose en ella por detrás mientras los gritos de placer resonaban en el aire. La cálida agua caliente. La unión íntima de sus cuerpos. El deseo. La explosión de placer que los dejó a ambos sin aliento, jadeando bajo el agua de la ducha…

–¿Y tienes alguna buena razón que justifique que no me hayas dicho que estabas embarazada hasta ahora?

Isla se agarró la cintura con los brazos, como si estuviera tratando de controlar sus sentimientos.

–Me preocupaba que me pudieras obligar a abortar y…

–¿De verdad crees que yo haría algo así? ¡Por el amor de Dios, Isla! Creía que me conocías un poco mejor… –comentó, con una mezcla de angustia y enfado a la vez.

Isla se sintió muy culpable. ¿Había cometido un error? ¿Habría sido mejor ser sincera con él desde el principio? El tiempo da una perspectiva muy diferente, pero, en aquel momento, ella había creído que era lo mejor. La sorpresa de descubrir que estaba embarazada la había dejado sin capacidad de reacción. Le había parecido mucho más seguro dejarle a él que permitir que Rafe la echara. ¿Acaso no la habían echado ya suficientes veces a lo largo de su infancia?

–Yo no sabía qué pensar –dijo muy suavemente–. No estaba dispuesta a esperar lo suficiente para correr el riesgo de que tú hicieras algo radical como pedirme que me casara contigo o…

–Bueno, al menos eso sí lo sabes sobre mí, porque es exactamente lo que pienso hacer. No voy a permitir que un hijo mío crezca siendo ilegítimo. Quiero que lleve mi apellido y que tenga mi protección. No puedo aceptar otra alternativa. Nos casaremos cuanto antes.

Isla se quedó boquiabierta y sintió que el estómago le daba un vuelco.

–No puedes estar hablando en serio… Prácticamente somos unos desconocidos que…

–Pasamos dos meses viviendo y acostándonos juntos. No creo que eso sea lo que hacen los desconocidos. Hemos engendrado un hijo juntos. Formalizar nuestra relación es el siguiente paso. El único paso –añadió mientras se dirigía al mini bar y sacaba una botella de agua mineral–. ¿Quieres?

Isla asintió. Tenía la boca muy seca.

–No me puedo casar contigo, Rafe. No voy a hacerlo.

–Claro que puedes y lo harás. No pienso aceptar un

no por respuesta –dijo mientras abría la botella de agua
y la servía en dos vasos. Entonces, le ofreció uno a ella.

Isla tomó el vaso con mano temblorosa.

–Rafe… tienes que ser sensato sobre esto. Nuestro
matrimonio no funcionaría nunca.

*Una camarera que trabajaba en ropa interior se
casa con el multimillonario siciliano Angeliri.* ¿Cómo
iba a poder soportar que la vergüenza de su pasado
apareciera reflejada en las portadas de periódicos y revistas?

–Haremos que funcione por el bien de nuestro hijo
–afirmó él–. ¿De cuánto estás? ¿Te encuentras bien?
–añadió, en un tono más suave de voz–. Lo siento. Debería haberte preguntado antes.

Isla dejó el vaso en una mesa cercana y se colocó la
mano sobre el vientre.

–Ahora sí. Sufrí náuseas más o menos constantemente
durante un par de meses. Ahora estoy de cinco meses.
Salgo de cuentas en Navidad.

Rafe miró el lugar en el que Isla había apoyado la
mano y tragó saliva. Entonces, dio un paso al frente.

–¿Sientes cómo se mueve?

–Empecé a notarlo más o menos en la semana dieci-
séis. Aquí…

Ella le agarró la mano y se la colocó sobre el vientre
sin dejar de mirar su rostro cuando el bebé empezó a
dar ligeras patadas.

–¿Sientes las patadas? Ahí… ¿lo has notado?

Rafe estaba tan cerca que podía ver perfectamente
sus hermosos rasgos, oler el aroma a cítricos de su co-
lonia y sentir la atracción magnética de su cuerpo, haciendo que ella anhelara aún más fundir su cuerpo con
el de él. ¿Por qué no podía ser inmune a él? ¿Por qué
tenía su cuerpo que traicionarla de aquel modo? ¿Podría Rafe sentir el deseo que despertaba en ella?

La mirada de él se suavizó cuando el bebé se movió contra su mano.

—Es asombroso… —susurró con voz ronca–. ¿Sabes el sexo?

—No. No quiero saberlo hasta el nacimiento.

El bebé se tranquilizó y Rafe apartó la mano y dio un paso atrás. La expresión de su rostro se endureció aún más.

—¿Habías pensando decírmelo? –le preguntó él en tono acusador.

—Decidí que era mejor para los dos que yo desapareciera discretamente de tu vida.

—Lo decidiste tú –replicó él, pronunciando las palabras como si fueran balas–. No tenías derecho alguno a decidir por mí. Yo tenía derecho a saber que iba a ser padre. Y mi hijo tiene derecho a conocerme, a tenerme en su vida –añadió mientras comenzaba a andar de un lado a otro por el salón de la suite y a mesarse el cabello. Entonces, se volvió para mirarla–. Por el amor de Dios, Isla. ¿Sabes lo que siento al descubrir esto?

Ella se mordió el labio.

—Mira, sé que debes de haberte disgustado, pero…

—¿Disgustado? Decir eso es poco. Me has negado saber que voy a tener un hijo. Planeaste mantener a mi hijo alejado de mí indefinidamente. ¿No te parece que tengo el derecho de estar un poco disgustado?

Isla cerró los ojos y se pellizcó el puente de la nariz para tratar de controlar el dolor que sentía.

—Me preocupaba que hicieras exactamente lo que estás haciendo. Darme órdenes como si yo careciera de voluntad propia –le dijo. Dejó caer la mano y le lanzó una mirada desafiante–. No me pienso casar contigo solo porque tú insistas en ello. Muchas parejas tienen hijos juntos sin tener que casarse. Y sí, incluso parejas que ni siquiera están juntas.

Rafe la miró fijamente en una batalla que Isla no estaba dispuesta a perder, pero, al final, fue ella la que apartó primero los ojos. No podía enfrentarse a él cuando se sentía tan frágil. En realidad, no era capaz de enfrentarse a él.

–Te casarás conmigo, Isla –afirmó él con una voz de acero que cayó sobre ella como un cubo de agua fría–. Si no, créeme que no te gustará la alternativa. Si hubiera une pelea por la custodia entre nosotros, puedes estar segura de que la ganaría.

El dolor que Isla estaba sintiendo se intensificó aún más. Rafe la estaba amenazando con quitarle el bebé cuando naciera. Y podría hacerlo. No tendría que escarbar demasiado en su pasado para conseguir que se dudara de su capacidad como madre. Por ejemplo, las fotos en topless que se había hecho para su *book*. ¿Quién se creería que no se había hecho aquellas fotos voluntariamente, que la habían engañado para realizar aquellas poses tan provocativas, sin que ella se diera cuenta de que volverían una y otra vez para atormentarla? Tal vez las fotos por sí mismas no serían suficientes para quitarle a su hijo, pero el pensamiento de hacer públicas aquellas obscenas imágenes, que aparecieran en periódicos y revistas era demasiado para ella.

La velada amenaza de Rafe confirmaba por qué ella no le había dicho que estaba embarazada desde el principio. Podría ser muy cruel y frío cuando tenía que serlo. ¿Cómo si no había podido acumular la cantidad de riqueza que poseía?

De repente, la visión comenzó a nublársele y la habitación comenzó a inclinarse a su alrededor, como si no hubiera gravedad. Trató de agarrarse al objeto sólido más cercano para estabilizarse, pero calculó mal la distancia. La mano palmeó el aire y, entonces, Isla sintió náuseas y un sudor frío que empezaba a recorrerle todo el cuerpo.

–¿Isla?

Ella escuchó vagamente el tono de preocupación de Rafe, pero no pudo responder más que con un murmullo. Entonces, se plegó como una muñeca de trapo y cayó al suelo. Todo se fue volviendo negro.

Rafe se acercó rápidamente a Isla con el corazón en un puño.

–¿Isla? ¿Te encuentras bien?

Se quedó atónito al ver la palidez de su rostro. Atónito y avergonzado por haber sido la causa de su desmayo.

La colocó en la postura de recuperación y le tomó el pulso. Le pareció que estaba más o menos normal, pero no por ello se sintió menos culpable. Le apartó el cabello del rostro y deseó de todo corazón que ella abriera los ojos.

–Vamos, *cara*. Dime algo…

¿En qué clase de hombre se había convertido en la última hora? Era imperdonable llevar a una mujer embarazada hasta el desmayo. La frente se le cubrió de sudor y sintió en la boca el amargo sabor del remordimiento. Se sentía asqueado consigo mismo, furioso por no haberse parado a pensar el estado mental y físico en el que ella se encontraba. Isla estaba embarazada, por el amor de Dios. Embarazada de su hijo.

–Vamos, *mia piccola*, háblame…

Isla comenzó a abrir los ojos muy lentamente.

–Me duele la cabeza…

Rafe le colocó la mano muy delicadamente sobre la frente.

–Voy a llamar a una ambulancia. Tengo que llevarte al hospital –dijo mientras se metía la meno en el bolsillo del pantalón.

–No, por favor. Me duele la cabeza por la tensión. Me ha pasado alguna vez de vez en cuando. No necesito ir al hospital… Creo que es porque el azúcar en sangre está un poco bajo…

Rafe la ayudó a que se sentara y le rodeó los hombros con el brazo mientras, con la otra le acariciaba los rizos rojizos de la frente.

–¿Cuándo fue la última vez que comiste algo?

Isla suspiró.

–No lo sé… hace unas horas. Me salté el almuerzo porque llegaba tarde y…

–Pues eso me convence aún más de que debes venirte conmigo a Italia –afirmó él–. Tienes que pensar en el bebé. No puedes ir por ahí saltándote comidas y trabajando un montón de horas en un trabajo, sobre todo cuando yo puedo cuidar perfectamente de ti.

Isla le dedicó una de sus miradas combativas, pero no tenía su pasión y su fuego habituales.

–¿Tienes que ser tan testarudo? Ya te he dicho que no quiero casarme contigo.

Rafe se contuvo. Volvería a sacar el tema del matrimonio cuando ella no se estuviera sintiendo tan mal, pero no pensaba rendirse. No formaba parte de su naturaleza ceder ante una decisión que hubiera tomado. Nunca abandonaría a los de su propia sangre, y mucho menos a su propio hijo.

–Dejemos lo del matrimonio para otro momento. Ahora, me gustaría verte con un poquito más de color en las mejillas. ¿Crees que te puedes poner de pie? Te ayudaré a llegar a la cama para que puedas tumbarte un rato. Y te pediré algo de comida del servicio de habitaciones.

Isla hizo ademán de discutir al respecto, pero entonces volvió a suspirar y agarró la mano que Rafe le ofrecía. Él la ayudó a ponerse de pie. Isla lo miró brevemente y se mordió el labio inferior.

–Siento ser una molestia para ti...

–No tienes por qué disculparte –repuso Rafe mientras la llevaba hacia la cama con un brazo alrededor de la cintura–. Soy yo el que debería estar disculpándose.

No solo por haberla disgustado, sino por haberla dejado embarazada. Eso era cosa de dos y, efectivamente, los dos se habían empleado a fondo. Habían creado una nueva vida y dependía de él asegurarse de que ese nuevo ser se sentía protegido en lo sucesivo. Protegido, alimentado y mantenido de todas las formas en las que un padre debe hacerlo con su hijo.

Aún le sorprendía lo lento que había sido a la hora de darse cuenta del estado de Isla. ¿Por qué no se había fijado en el abultado vientre cuando se la encontró por primera vez en la suite? El delantal del uniforme le había cubierto bastante bien y, sin duda, ella había hecho todo lo posible por ocultarlo. Su única excusa era que en lo último que se le habría ocurrido pensar cuando la encontró en la suite era en un embarazo. Le había resultado imposible apartar la mirada de los hermosos labios, de los turgentes senos, recordando las veces que había buscado el placer en ellos.

Incluso en aquellos momentos, su cuerpo reaccionaba a la cercanía del de él. Incluso el contacto más casual producía un torrente de deseo en él. Nunca había experimentado una química tan potente con ninguna otra mujer. Su cuerpo encajaba perfectamente con el de él como si fueran dos piezas de un mismo rompecabezas. Olía el delicado aroma de su perfume y este evocaba una miríada de recuerdos, tanto buenos como malos. Aquel perfume había permanecido durante semanas en su casa después de que ella lo hubiera abandonado. Le había turbado y le había atormentado.

Ayudó a Isla a meterse en la cama y le colocó el pie de cama por encima. Parecía tan joven y vulnerable que se sintió aún más culpable. Sin embargo, decidió que no era el momento para amargas recriminaciones. Ella necesitaba descansar y alimentarse y dependía de él, como padre del bebé que estaba esperando, proporcionarle todo lo que necesitaba regular y consistentemente.

El padre del bebé que estaba esperando. ¡Qué extraño resultaba aplicarse a sí mismo aquellas palabras! No había pensado nunca antes en ser padre. Era algo que habría considerado tal vez para el futuro, pero ciertamente no había sido una de sus prioridades. Su propio padre no había sido el mejor de los modelos en ese caso, aunque en los primeros años, le había hecho sentirse amado y especial. Entonces, a la edad de trece años, descubrió que todo aquello no era más que una mentira.

Tomó el teléfono de la mesilla de noche y encargó una nutritiva comida y zumo de frutas recién exprimido. Después, colgó el teléfono y se sentó en la cama junto a Isla. Le tomó una mano y comenzó a acariciársela con el pulgar.

—No deberían tardar en traerla. ¿Quieres un poco de agua o de limonada mientras tanto?

Isla abrió los ojos y lo miró.

—¿Por qué no has insistido en que hagamos una prueba de paternidad?

Rafe se sintió avergonzado de pensar que sí lo había pensado, pero algo se lo había impedido. No era la clase de hombre que confiaba con facilidad en otros, pero, por alguna razón, sabía que Isla le estaba diciendo la verdad.

—Me imaginé que no era necesario confirmar que el bebé es mío. No te habrías tomado tantas molestias para evitar decirme la verdad si fuera de otra persona.

Isla miró las manos de ambos unidas.

—Si quieres hacerlo, no te lo impediré.

–No será necesario. ¿Cuándo empezaste a sospechar que estabas embarazada?

–Justo antes de que te marcharas a Nueva York. Pensé que era otro trastorno estomacal, como en París, pero entonces me di cuenta de que tenía algo de retraso.

–Debiste de quedarte de piedra…

–Sí. Me sentí atónita y aterrorizada. No sabía qué hacer ni a quién recurrir…

Ojalá hubiera recurrido a él. ¿Por qué no lo había hecho? Rafe no quiso hacerle tantas preguntas por si volvía a disgustarla.

–¿Pensaste alguna vez… abortar?

–No –replicó ella apartando la mano de la de él–. Siento que pienses que debería haberle librado del bebé, pero no podía. No me parece mal que otras mujeres elijan esa opción, pero no me pareció la adecuada para mí.

Rafe volvió a tomarle la mano.

–Me alegro de que no lo hicieras.

–¿De verdad?

–Como tú, creo que las mujeres deben poder elegir sobre su cuerpo, pero, aunque aún me cuesta hacerme a la idea de que voy a ser padre, me alegro de que decidieras seguir adelante con el embarazo. Seremos buenos padres para nuestro hijo, *cara*.

En los ojos de Isla se reflejó un sentimiento al que ella no puso voz.

–Siento que lo descubrieras de este modo. Debería habértelo dicho antes, pero no sentí que pudiera correr el riesgo de hacerlo.

Rafe le colocó un dedo sobre los labios.

–Ahora calla. Debes descansar. Lo hecho, hecho está. No podremos seguir hacia delante con nuestras vidas si no hacemos más que recordar el pasado. Es hora de pensar en el futuro. El futuro del bebé y del nuestro.

Levantó el dedo de los labios de Isla. Tuvo que contenerse para no inclinarse sobre ella y besarla. El deseo que siempre había sentido por ella era tan poderoso en aquellos momentos como lo había sido al principio, cuando se miraron por primera vez a través de un concurrido bar. La sangre se le caldeaba y le corría por las venas a toda velocidad. Sentía cómo se le despertaba la entrepierna, recordándole el placer experimentado en tantas ocasiones con ella. Dos meses de sexo increíble y apasionado que no había podido olvidar. Estar cerca de ella le provocaba un frenesí de anhelos. Tuvo que contenerse para no tomarla entre sus brazos y recordarle la tórrida pasión que habían compartido.

Sin embargo, debía ignorarlo. Lo único que importaba en aquellos momentos era el bebé. Rafe necesitaba que Isla se casara con él para poder cuidarla a ella y a su hijo. Solo tenía que convencerla para que aceptara. Y lo conseguiría.

Capítulo 3

UN BREVE tiempo después, Isla estaba apoyada sobre almohadones sobre la cama de Rafe. El suave pie de cama, de cachemir, le cubría las piernas. Estaba esperando la comida que Rafe le había pedido. En aquel momento, sonó el timbre de la suite y Rafe fue a abrir la puerta. Un joven camarero, al que Isla había visto un par de veces en la sala del personal, entró con el carrito. El camarero se quedó muy sorprendido al ver a Isla, pero, antes de que ella le pudiera explicar por qué estaba tumbada en la cama de un huésped del hotel, Rafe le entregó una generosa propina y le informó que su prometida ya no iba a trabajar más para el hotel.

–Pero yo no he accedido a… –protestó Isla.

–Enhorabuena –comentó el joven con una sonrisa mientras se metía el dinero en el bolsillo–. Muchas gracias, señor. Se lo agradezco mucho. Espero que disfrute su estancia.

–Ya la estoy disfrutando enormemente –replicó Rafe.

Cuando el camarero se hubo marchado, Isla le recriminó a Rafe sus palabras cuando él se inclinó sobre ella para colocarle la bandeja de deliciosa comida sobre el regazo.

–¿Prometida? ¿Es que no has escuchado ni una sola palabra de lo que te he dicho antes?

Tras colocarle la bandeja en el regazo, Rafe se sentó al borde de la cama, a su lado.

–Solo estaba pensando en tu reputación, *cara*. ¿Quieres que el personal del hotel empiece a hablar de la empleada de limpieza que se ha metido en la cama de un huésped? Convertirte en mi prometida te ofrece un elemento de respetabilidad, ¿no te parece?

Rafe tenía razón, pero Isla no quería admitirlo.

–Hablarán de todos modos, pero esa era tu intención, ¿verdad? Se hablará de nuestro supuesto compromiso por todo el hotel y Dios sabe por cuántas plataformas de redes sociales en cuestión de minutos.

–Mejor. Así no tendré que hacer un anuncio oficial. La rumorología funciona más rápido.

–No voy a consentir que me obligues a casarme contigo, Rafe. Tal vez estés acostumbrado a salirte con la tuya en el mundo de los negocios, pero conmigo no.

Rafe levantó una ceja. El brillo iluminó sus ojos.

–Si no recuerdo mal, solo tardé cuarenta y dos minutos en llevarte a la cama el primer día en el que nos conocimos.

Isla sintió que se ruborizaba.

–No volverá a ocurrir.

Él se inclinó sobre ella para deslizarle un dedo sobre las sonrojadas mejillas.

–¿Estás segura de eso, tesoro mío? Recuerda lo bien que estábamos juntos. Tan explosivos…

Isla lo recordaba todo demasiado bien. Antes de conocer a Rafe, nunca había experimentado ningún orgasmo con un amante. No había disfrutado del sexo del modo debido hasta que sus caricias la habían hecho arder de placer. Se preguntó si podría volver a hacer el amor con otro hombre. Solo pensar en la posibilidad de hacerlo con otro hombre le ponía el vello de punta.

–Mira, sé que quieres hacer lo que crees que debes hacer y todo eso, pero de verdad Rafe, lo de casarse es llevar todo esto a extremos ridículos. Podemos ser padres de nuestro hijo sin…

–Quiero que mi hijo tenga mi apellido y mi protección. Quiero que viva en mi casa, para que yo pueda estar implicado en todos los aspectos de su crianza. Ser padre a tiempo parcial no es una opción.

Isla apartó la bandeja al otro lado de la cama. Había perdido por completo el apetito. Entonces, se levantó de la cama.

–No quiero hablar de esto. Ahora no.

Se dirigió a la ventana y se colocó de espaldas a él, con los brazos cruzados sobre el pecho. El sol había desaparecido y unas nubes de aspecto amenazador avanzaban desde El Asiento de Arturo, convirtiendo la oscura fortaleza del castillo de Edimburgo en un lugar aún más imponente.

–¿Vendrás al menos conmigo a Sicilia? Considéralo unas vacaciones. Déjame que cuide de ti y del bebé. Podrás tomar la decisión definitiva dentro de unas semanas.

¿Qué tenía Isla que perder por marcharse con él? Podría hacerlo durante un par de semanas, mientras se ponía más fuerte. La vida había sido muy dura desde que ella lo abandonó. Había resultado muy difícil tratar de trabajar y de afrontar las náuseas y la fatiga habituales en las primeras semanas de embarazo. Si no hubiera sido por la ayuda de su amiga Layla, Isla no sabía qué hubiera hecho. No tenía familia a la que recurrir para que la ayudaran. No había nadie. O, al menos, nadie que ella quisiera que cuidara de ella.

–¿Aceptarás mi decisión? –le preguntó con cierto escepticismo.

–La respetaré cuando esté seguro de que estás en buenas condiciones físicas y mentales para tomarla –respondió. Se levantó de la cama y recogió la bandeja para llevarla a una mesa cercana–. Ahora, come mientras yo lo organizo todo. Nos marcharemos mañana mismo. No te preocupes de hacer la maleta. La mayoría de tus cosas siguen en mi casa.

Isla frunció el ceño.

–¿Por qué?

–No tenía ninguna dirección a la que enviártelas. Decidí esperar a tener noticias tuyas.

–¿No sentiste la tentación de tirarlas a la basura?

–Claro que sí –respondió él con una sonrisa–, pero pensé que me resultaría mucho más satisfactorio que las recogieras en persona.

Cuando Isla se despertó de una profunda y refrescante siesta, estaba sola en la suite. Se levantó de la cama y se estiró. Se sentía inmensamente aliviada. Durante un instante, se preguntó si debería marcharse del hotel mientras tenía la oportunidad, desaparecer antes de que las cosas se complicaran aún más y terminara cayendo en la tentación que suponía la compañía de Rafe. Sin embargo, ¿iba a cambiar algo si huía? Iba a tener un hijo suyo y Rafe tenía todo el derecho del mundo a estar implicado en su crianza. Él había expresado el deseo de estarlo y ella tenía que respetarlo.

Sin embargo, marcharse a Sicilia con él era dar un paso muy grande. Y peligroso. Pero seguir trabajando en un empleo que no estaba hecho para ella le provocaba más conflicto que pasar dos semanas en la casa de Rafe. Sabía que Layla solo le había dado el empleo como un favor personal y que, además, a medida que avanzara el embarazo no podría seguir trabajando.

Sacó el teléfono móvil del bolso y marcó el número de Layla. Cuando ella contestó, le explicó brevemente la situación.

–¿De verdad vas a volver a Sicilia con él? –le preguntó Layla completamente escandalizada–. Pensaba que habías dicho que no querías volver a verlo.

–Sí, bueno… Parece que no le había juzgado muy bien. Parece muy ilusionado con lo del bebé e insiste en casarse conmigo. Yo no he accedido a nada, por supuesto. ¿Cómo podría hacerlo, dado lo diferentes que son nuestras trayectorias?

–¿Matrimonio? Eso es un poco extremo, ¿no te parece?

–Esas fueron exactamente mis palabras –dijo Isla–. Él no me ama y lo último que quiero hacer es casarme con alguien que no me ama. Sin embargo, tan solo me voy a Sicilia con él para pasar unos días de vacaciones. Creo que se lo debo.

–Pero tu pasado podría ser un problema para él. ¿Has pensado en decírselo? ¿Y lo de las fotos también?

–No puedo hacer ninguna de las dos cosas. No puedo correr el riesgo de que él me mire como si yo fuera algo despreciable.

–Sí, te entiendo, pero, ¿y si no fuera así? ¿Y si no le importa lo que ocurrió en tu pasado? Estuviste con él dos meses sin que nadie se enterara. ¿Por qué iba a ser diferente si te casas con él?

–Cuando solo era una aventura, nadie nos prestaba atención. ¿Te puedes imaginar el interés que provocaría en la prensa el anuncio de nuestro compromiso? Él es uno de los solteros más codiciados de Italia. Todo el mundo querrá saber todo lo que pueda sobre la mujer que él ha elegido como esposa.

–¿Y es aconsejable ir a Italia con él? Es decir, me parece que no tienes fuerza de voluntad en lo que se refiere a ese hombre. Él fue el único hombre con el que te has acostado la primera noche, ¿recuerdas? Tú. La mujer que tiene que salir con alguien unas cinco veces antes de que consideres darle un beso. Y para lo de acostarse, ya ni te cuento.

–Y eso me lo dices tú, que ni siquiera llegas a besarlos y que los rechazas sin pensar.

–Ya sabes las razones que tengo para eso –replicó Layla–. Has visto mi cojera y las cicatrices que tengo en la pierna. Los hombres de hoy son muy blanditos de estómago.

–Un día, conocerás a un hombre que ni siquiera se dé cuenta de que cojeas ni de que tienes cicatrices.

Layla soltó una seca carcajada.

–Dejé de creer en los cuentos de hadas hace mucho tiempo. De todos modos, no estamos hablando sobre mí, sino sobre ti. Me preocupa que vayas a pasarlo mal otra vez…

–Esta vez sé lo que estoy haciendo. No voy a hacer nada precipitado.

–Tal vez lo amas, pero no quieres admitirlo.

Efectivamente, los sentimientos que Isla tenía hacia Rafe eran, como poco, confusos. Sin embargo, no iría tan lejos como para decir que estaba enamorada de él. No obstante, tampoco podía comprender por qué la atracción que sentía hacia él era tan poderosa e irresistible.

–No estoy enamorada de él. Encaprichada, tal vez, pero eso no es suficiente para construir un matrimonio.

–Eso no lo sé, pero es un buen comienzo. Además, un matrimonio de conveniencia puede en ocasiones convertirse en otra cosa. Ocurre.

–Pensaba que habías dejado de leer cuentos de hadas…

–*Touché* –comentó Layla, riendo–. Ahora en serio, Isla. Deberías pensártelo. Habéis hecho un bebé juntos. Sería maravilloso poder criarlo en un hogar seguro y estable, muy diferente al que tuvimos nosotras en nuestra infancia. Y podrías casarte con alguien mucho peor que con Rafe Angeliri.

—Lo sé, pero es un paso muy importante y necesito más tiempo para pensarlo.

Rafe había entrado como un vendaval en su vida, haciéndole sentir cosas que no quería sentir. Cuanto más cerca estaba de él, más peligroso era. El deseo a menudo se enmascaraba como amor y viceversa. Amar a alguien era demasiado peligroso. Le daba a esa persona el poder de hacer daño. Isla no se podía permitir volver a sentir el destrozo emocional que había experimentado en su infancia.

—¿Quiere acostarse contigo? —le preguntó Layla—. Es decir, ¿te ha dado esa sensación?

—Es un hombre de treinta y cinco años con la sangre muy caliente. Por supuesto que me ha dado esa sensación, pero yo voy a hacer todo lo posible por resistirme.

—Pues buena suerte.

A Isla le daba la sensación de que iba a necesitar mucho más que suerte. Más bien, iba a necesitar un verdadero milagro.

Cuando Rafe regresó a la suite, Isla estaba de pie junto a la ventana, admirando la vista del castillo de Edimburgo y de los jardines de Princes Street. Se volvió a mirarlo cuando él entró, pero resultaba difícil leer la expresión de su rostro.

—¿No te preocupaba que fuera a salir huyendo?

Rafe se encogió de hombros.

—Te habría encontrado sin mucha dificultad. La dirección del hotel tiene tu dirección —dijo mientras le mostraba una pequeña bolsa de viaje—. Me he tomado la libertad de ir a tu piso para recoger algunas de tus cosas. Tu casera fue de lo más amable cuando le dije que éramos pareja.

–¿Que has hecho qué? –preguntó ella furiosa–. No tenías ningún derecho a…

–Como padre del bebé que estás esperando, tengo el derecho de asegurarme que tu salud y tu bienestar sean mi prioridad principal –replicó él–. Ya tengo vuelo para mañana. Puedes pasar aquí la noche conmigo.

–No pienso dormir en la misma cama que tú –le espetó ella con furia–. No puedes obligarme.

–Por mucho que me gustaría demostrarte que estás equivocada, *cara*, en esta ocasión cederé gustosamente mi lugar en la cama y dormiré en el sofá. Tú necesitas descansar antes de que viajemos mañana.

–Quiero dejarte una cosa muy clara –afirmó ella–. Solo me voy a Sicilia contigo para descansar y recuperarme. No para reiniciar nuestra… nuestra aventura.

–Bien, pero en mi casa tendrás que compartir mi cama porque no quiero que mis empleados empiecen a especular sobre nuestra relación. Estarás allí como mi prometida. Eso es lo único en lo que no voy a ceder. Tú ya no eres una amante cualquiera. Eres la madre de mi futuro hijo.

–Crees que no seré capaz de contenerme, ¿verdad? Crees que, cuando esté tumbada a tu lado, no me podré resistir y te suplicaré para que me hagas el amor.

Eso era exactamente lo que Rafe pensaba. El problema era que a él le pasaba exactamente lo mismo. La deseaba tanto como siempre lo había hecho, tal vez más aún.

–La decisión de si retomamos o no nuestra relación física dependerá enteramente de ti.

Isla se dio la vuelta para ponerse de nuevo de espaldas a él.

–¿Cuántas amantes has tenido desde que me marché? ¿O acaso has perdido ya la cuenta?

Rafe no vio razón alguna para mentir.

–Ninguna.

Isla se volvió de nuevo para mirarlo, completamente atónita.

–¿Ninguna? Pero si vi fotos de ti con… –se interrumpió antes de seguir hablando. Comenzó a morderse el labio inferior salvajemente.

–Tuve citas, sí –admitió él con una sonrisa–, pero no me acosté con nadie.

–¿Por qué no?

–No me pareció apropiado hasta que hubiera podido resolver lo que fue mal entre nosotros.

–Pero tú tuviste muchas rupturas antes de la nuestra. ¿Es normal que te tomes un tiempo de reflexión entre relaciones para reflexionar lo que fue mal?

–No, pero lo normal también es que sea yo quien termine la relación y siempre sé por qué la he terminado.

–Así que te escoció, ¿verdad?

Le escocía más de lo que Rafe quería admitir.

–Si no hubiera sido por el embarazo, ¿habrías terminado nuestra relación como lo hiciste?

–El tiempo que empleas en tus relaciones no es muy grande, Rafe, pero tampoco lo es el que empleo yo. Tarde o temprano, nos habríamos terminado aburriendo.

–Pues no mostraste señal alguna de aburrimiento. No recuerdo una amante más entusiasta.

Isla se sonrojó delicadamente.

–Fue solo sexo.

–¿Sí?

Rafe había disfrutado de muchas relaciones que habían sido solo sexo, pero no se habían parecido en nada a lo que habían compartido en aquellas dos apasionadas semanas.

Isla se apartó un poco, como si no confiara en sí misma

estando cerca de él. Rafe tampoco se fiaba de sí mismo y tuvo que mantener una firme rienda sobre su autocontrol porque lo único que quería hacer era demostrarle lo bien que estaban juntos, recordarle la ardiente pasión que fluía con tanta naturalidad entre ellos.

–Ahora solo me deseas porque no me puedes tener. Me he convertido en un desafío para ti.

–Y tú solo te resistes porque los dos sabemos que, si me acercara a ti y te besara, te tendría en esa cama desnuda en menos de dos minutos.

Isla lo miró fijamente, pero él notó el esfuerzo que a ella le costaba. El cuerpo de Isla tembló ligeramente como si estuviera recordando cada vez que habían caído desnudos en una cama.

–Ni lo pienses –dijo ella, con voz entrecortada. Le miró los labios, como si estuviera recordando lo que sentía cuando lo besaba.

Rafe estaba tratando desesperadamente de no pensarlo. Estaba empezando a tener una reunión solo con estar en la misma habitación que ella. Nunca antes había besado unos labios que le respondieran de la misma manera. Aún recordaba lo suaves que eran los de Isla, el dulce sabor a vainilla y a miel, la pasión y el fuego que proporcionaba la juguetona lengua.

Antes de que pudiera contenerse, Rafe se acercó a ella. Le dio tiempo a Isla para apartarse si así lo deseaba, pero ella permaneció completamente inmóvil. Las pupilas se le dilataban a medida que él iba acercándose. Tuvo que tragar saliva y humedecerse los labios con la punta de la lengua. Rafe le agarró el cabello y vio cómo ella, momentáneamente, cerraba los ojos como si fuera una gata que anticipaba la siguiente caricia de su amo.

–Dime que no te gusta que te toque así, tesoro… –susurró mientras le trazaba el contorno de los labios con la yema de los dedos, gozando con el modo en el que ella separaba los labios con un suave gemido de necesidad.

Isla le colocó las manos sobre el torso. Para Rafe, el tacto resultó tan potente como un hierro al rojo y tuvo que contenerse para no estrecharla contra su cuerpo. Ella le agarró la tela de la camisa y se acercó un poco más, como animada por una fuerza que escapaba a su control, la misma fuerza que atraía el cuerpo de Rafe al de ella. Rafe contuvo el aliento cuando los labios de Isla entraron en contacto con los suyos. La sangre se le acumuló en la entrepierna, hinchándosela y tensándosela. ¡La había echado tanto de menos! Había echado de menos el contacto de su cuerpo, respondiéndole, necesitándole tanto como él la necesitaba a ella. El febril deseo se abría paso a través de su cuerpo con cálidas oleadas, provocando sensaciones parecidas a una descarga eléctrica por todo su cuerpo. Le deslizó una mano por la base de la espalda. Las rotundas curvas de su trasero estaban tan cercanas a la mano que esta vibraba con las sensaciones. No podía apartar los ojos de su boca.

–Si me besas, las cosas se complicarán aún más –susurró ella.

Rafe le deslizó la otra mano por la delicada curva de la mejilla, cuyo tacto era tan suave como el del pétalo de una rosa. El deseo vibraba en su cuerpo.

–No me parece que sea un no. Quiero oírte decirlo. Dime que no quieres que te bese…

Los ojos de Isla eran luminosos y brillaban con el mismo deseo que él estaba experimentando por todo su cuerpo.

–¿Por qué estás haciendo esto?

Los ojos de Isla pasaron de la boca a los ojos y luego a la boca de nuevo.

«Porque aún te deseo». La mano de Rafe se deslizó delicadamente desde la base de la espalda hasta la parte posterior de la cabeza de Isla y se hundió en la sedosa suavidad de su nube de rizos. Empezó a masajearle la cabeza con los dedos del modo que tanto le había gustado en el pasado.

–¿Qué estoy haciendo, *cara*?

–Estás haciendo que te desee.

–¿Y eso es malo? –le preguntó Rafe sin dejar de mirarla.

Su cuerpo estaba tan tenso por el deseo que le resultaba difícil pensar. Tuvo que echar mano de toda su fuerza de voluntad para mantener el control. ¿Había deseado alguna vez a una mujer más que a Isla? Era como un tornado en su cuerpo, un tornado que se apoderaba de él hasta que no podía pensar en nada más que en hundirse en su húmeda feminidad.

Isla apretó los labios tan firmemente que pasaron de mostrarse rojos a estar totalmente blancos. Sin embargo, en cuanto los soltó, se volvieron a llenar de sangre y Rafe deseó cubrirlos con los suyos.

–Me he pasado tres meses tratando de olvidarte, Rafe…

Rafe le acarició suavemente la mejilla.

–¿Y lo has conseguido?

Isla cerró un instante los ojos. Le soltó la camisa para agarrarle la cabeza y obligarle a bajarla, de manera que la boca de Rafe quedó a pocos centímetros de la de ella.

–No, maldito seas… no…

Rafe llevaba soñando con aquel momento tres vacíos y solitarios meses. Fue la única invitación que necesitó. Cerró la distancia que separaba sus bocas y dejó que empezaran los fuegos artificiales.

Isla se había asegurado que estaba preparada para que Rafe la besara. La había besado tantas veces antes que tendría que haberse imaginado lo que podía esperar. Sin embargo, en cuanto los labios de él rozaron los suyos, se produjo una explosión en su cuerpo. Deseos y necesidades que casi había olvidado cobraron vida como si fueran brasas que se convertían en llamas y en chispas. Los labios de Rafe se movían contra los suyos, besándola embriagadora, lenta y sensualmente. La parte inferior del cuerpo de él se había pegado al suyo con un contacto tan erótico que hacía que le temblaran las piernas. Los impulsos eléctricos viajaban rápidamente desde los labios al vientre. Aquel beso tan hábil hacía vibrar cada célula de su cuerpo y darle vida.

Rafe profundizó el beso con un potente movimiento de la lengua contra el borde los labios y ella se abrió ante él como una flor que se abría ante los primeros rayos de la primavera. ¿Cómo había podido sobrevivir durante meses sin que aquella mágica locura recorriera su cuerpo? ¿Cómo había podido sobrevivir sin el contacto de sus brazos, rodeándola como si no quisiera dejarla marchar? Le rodeó el cuello con los suyos, desesperada por mantener la boca pegada a la de él. Desesperada por volver a sentirse viva, por experimentar la tormenta de feroz atracción que vibraba entre ambos.

Nadie besaba como Rafe. Sus besos eran como una potente droga sin la que ella había vivido demasiado tiempo. Tras volver a saborear de nuevo sus labios, volvía a sentir la adicción. Rafe siguió explorándole con la boca, entrelazando la lengua con la de ella con una exquisita e hipnótica coreografía que le causaba una placentera sensación en el estómago. Isla se apretó contra él un poco más, algo asombrada por los sonidos de placer que hacía, pero era incapaz de detenerse. Deseaba aquello. Lo deseaba a él. Nunca había dejado de desearle.

Rafe le enmarcó el rostro con una mano. La otra se

la colocó en el final de la espalda, sujetándola con fuerza contra su creciente erección. Al sentir el deseo de Rafe, el propio deseo de Isla se acrecentó más aún hasta que, prácticamente, comenzó a frotar la pelvis contra la de él para satisfacerse.

Rafe le mesó el cabello con la mano, tirando de los mechones un poco, lo justo para crear tensión, la clase de tensión que hacía que ella temblara de la cabeza a los pies y se rindiera por completo. ¿Cómo podía resistirse a Rafe? ¿Cómo podía resistirse a los sentimientos que solo él era capaz de evocar en ella? Pasión caliente e irresistible, una pasión que le hacía olvidarse de todo menos de las necesidades biológicas de sus cuerpos, de la necesidad de unirlos del modo más primitivo, crear una tumultuosa tormenta y liberar un gozoso clímax.

De repente, el beso terminó.

Rafe se apartó de ella como si el director de una película hubiera mandado parar el rodaje. Tenía una expresión enmascarada en el rostro, aunque sus ojos eran brillantes y aún tenían las pupilas dilatadas.

—Bueno, al menos eso es algo que no ha cambiado —dijo con un cierto tono de triunfo en la voz que le hizo a Isla desear no haber respondido de esa manera tan transparente y desesperada. Una vez más. ¿Acaso no tenía ningún tipo de resistencia a él? ¿Por qué?

Se apartó de Rafe y se golpeó un mechón de cabello con gesto de una despreocupación que estaba muy lejos de sentir.

—¿A qué hora nos marchamos mañana? —le preguntó para cambiar de tema. Era la única manera de restaurar parte de su dignidad.

No podía evitar pensar que él había orquestado aquel beso para demostrar que él era capaz de dominar siempre su autocontrol. Isla siempre se había sentido como pez fuera del agua en lo que a él se refería. Era un hombre sofisticado y elegante y ella estaba llena de vergonzosos secretos.

–A media mañana. He pedido que así fuera para que puedas dormir.

–¿Sola? –le preguntó ella con una penetrante mirada. Rafe le respondió con un misterioso brillo en los ojos.

–Dejaré que seas tú quien lo decida.

Capítulo 4

A LA MAÑANA siguiente, Isla se despertó temprano. Encontró que estaba sola en la cama y que en el espacio que quedaba en la cama junto a ella no había dormido nadie. La sábana no mostraba arrugas y la almohada no presentaba ningún hueco que indicara que la cabeza de Rafe había descansado allí. ¿Habría salido? Isla había estado tan cansada que, cuando cerró los ojos la noche anterior, no se había dado cuenta de si él iba o venía.

Se levantó de la cama y se dirigió al salón de la suite. Encontró a Rafe dormido en uno de los sofás. Sus largas piernas se estiraban por encima del brazo del sofá y se cruzaban por los tobillos. Tenía la camisa abierta hasta la mitad del torso y muy arrugada. La barba había empezado a cubrirle de nuevo generosamente la mandíbula y tenía el cabello revuelto, como si se lo hubiera mesado en varias ocasiones con las manos. Tenía un libro, abierto y boca abajo, sobre el suelo, como si se le hubiera caído del regazo mientras se quedaba dormido.

Isla se sintió culpable de que él hubiera pasado la noche en el sofá en vez de compartir la cama con ella. Su galantería no era inesperada, pero sí muy conmovedora.

De repente, él abrió los ojos como si hubiera presentido que Isla lo estaba mirando. Se incorporó para sentarse en el sofá mientras se mesaba el cabello.

–¿Cómo has dormido? –le preguntó mientras bostezaba y estiraba la espalda colocándose las manos en las caderas e inclinándose hacia atrás ligeramente.

–Evidentemente, bastante mejor que tú. ¿Por qué no te has venido a la cama?

Rafe le dedicó una pícara sonrisa.

–No me fiaba de que pudiera mantener las manos alejadas de ti.

Isla sintió que se sonrojaba, por lo que se inclinó a recoger el libro para no mirarlo a los ojos. Lo cerró y lo colocó en la superficie más cercana.

–Siento que hayas pasado una noche tan incómoda –dijo–. Estaba tan cansada que probablemente no me habría dado cuenta si te hubieras metido en la cama.

–¿No? –preguntó él mientras la desafiaba con la mirada.

El silencio pareció despertar eróticos recuerdos. Isla no pudo evitar que sus ojos se prendieran en la boca de Rafe y que su propia lengua saliera a hurtadillas para humedecerse los resecos labios. Era consciente de que Rafe estaba observando atentamente el movimiento con la mirada turbada. El sutil cambio de su respiración señalaba la atracción que él también sentía.

–No me pareces la clase de hombre que toque a una mujer cuando ella, expresamente, le ha dicho que no lo haga –le dijo.

Rafe se levantó y se acercó a ella para colocarle un rizo detrás de la oreja. Lo hizo de un modo tan ligero y delicado que todo su cuerpo pareció ansiar mucho más. Rafe conocía todos los lugares que a Isla le daban más placer, todas sus zonas erógenas y todas sus necesidades. Y lo patético que era su autocontrol.

–Me resultaría mucho más fácil no tocarte si no pensara que tú lo deseas. Y lo deseas, ¿verdad, *cara*? No se te ha olvidado de lo mucho que disfrutamos juntos, ¿verdad?

Rafe le cubrió la mejilla con una mano, como si estuviera acogiendo en ella una fruta madura que tratara de no dañar. El pulgar se movía ligeramente. Isla no pudo contener un delicado temblor. Le colocó la mano en la muñeca con la intención de apartársela, pero sus dedos se limitaron a agarrarlo del brazo. Rafe tenía la piel cálida y el vello masculino de su brazo le hacía cosquillas en la piel. Tenía los ojos profundos y misteriosos, enmarcados por pestañas negras como la tinta y unas frondosas cejas.

—Esto es un juego para ti, ¿verdad?

—Te aseguro que el hecho de que lleves a mi hijo en tu vientre no es ningún juego para mí, Isla. Como tampoco lo es el hecho de que los dos aún sentimos algo el uno por el otro.

En aquella ocasión, Isla consiguió reunir la suficiente fuerza de voluntad como para dar un paso atrás.

—Si no estuviera embarazada, ¿me habrías ofrecido lo que me estás ofreciendo ahora?

—Tal vez una aventura, pero no matrimonio.

—Entonces, soy apta para ser amante, pero no esposa —afirmó Isla, algo que creía firmemente sobre sí misma y que se le había ido reforzando a lo largo de su infancia.

—Yo no buscaba activamente casarme con nadie, pero ahora las cosas son diferentes.

—Pero yo no soy diferente. Soy la misma persona que hace cinco meses.

Rafe le miró el vientre.

—No exactamente la misma, *cara*. Estás embarazada de mi hijo. Eso lo cambia todo.

Unas cuantas horas más tarde, llegaron a la mansión que Rafe tenía en el municipio de Mondello, en Sicilia, en el que se encontraba una famosa playa de arena blanca. A pesar del cansancio y de los sentimientos encontrados sobre su regreso a la casa de Rafe, Isla no pudo evitar sentirse emocionada por regresar al lugar donde había pasado algunas de las semanas más felices de su vida. El tiempo que habían pasado juntos allí le había mostrado un mundo del que jamás había sido parte antes, un mundo que apenas sospechaba que existiera. Se había pasado los días dibujando, pintando y explorando los lugares de interés mientras que Rafe trabajaba. Luego, por las tardes, él le había dedicado toda su atención y, durante las dos últimas semanas, ni siquiera había trabajado. Había cancelado todos sus compromisos y se había pasado todo el tiempo con ella. Nadie había hecho nunca que Isla se sintiera tan especial y tan deseada.

Sin embargo, el sensual idilio se había visto ligeramente mancillado por la presencia de Concetta, el ama de llaves de Rafe. Isla nunca había podido entablar una relación cordial con la mujer, que parecía mirarla con una constante desaprobación, pero tan solo cuando Rafe no estaba presente. Isla la encontraba astuta e hipócrita, pero jamás se lo dijo a Rafe. Trató en un par de ocasiones de hablarle del comportamiento que el ama de llaves tenía hacia ella, pero Rafe siempre había hecho poco caso a sus comentarios y le había dicho que Concetta era una siciliana chapada a la antigua, algo reservada y muy formal con los recién llegados. ¿Cómo se tomaría Concetta la noticia del embarazo de Isla? ¿Se lo habría dicho Rafe? ¿Y cómo reaccionaría el ama de llaves a la intención de Rafe de casarse con la madre de su hijo?

—¿Sigue Concetta trabajando para ti? —le preguntó Isla en cuanto entraron en el vestíbulo de la mansión.

—Sí, sigo aquí. Aún no me ha despedido, pero,

¿quién sabe? –dijo el ama de llaves mientras se acercaba a ellos.

Concetta era una vivaracha mujer de casi sesenta años que se movía tan rápida y eficientemente como su lengua. Tenía unos ojos oscuros y el cabello canoso, que llevaba siempre recogido sobre la nuca. Isla jamás le había visto un cabello fuera de lugar y sospechaba que ninguno se atrevería a escapar de donde el ama de llaves lo había colocado. Concetta iba siempre vestida de negro y tenía un ceño permanente que a Isla le recordaba a una maestra de escuela que está a punto de castigar a un alumno recalcitrante.

–Me alegro de verla –repuso Isla tratando de insuflar autenticidad al tono de su voz.

–Hmm…

Concetta miró el vientre de Isla y frunció los labios. Entonces, se dirigió a Rafe.

–¿Está usted seguro de que es suyo?

Rafe tensó el rostro y se dirigió al ama de llaves en el dialecto siciliano, del que Isla no entendía ni una palabra. Sin embargo, el mensaje era claro y evidente. Concetta levantó las cejas y, tras mirar con insolencia a Isla, se dio la vuelta y se marchó hacia la cocina. Incluso el sonido de sus pasos parecía contener un ritmo insultante.

–Lo siento –le dijo Rafe–. Concetta puede ser un poco difícil, pero se suavizará con el tiempo. La noticia ha sido una sorpresa para ella. Eso es todo.

Isla lo miró con escepticismo.

–¿En serio? No veo que ella vaya a aceptarme como esposa tuya en un futuro cercano. Nunca le he gustado, pero tú no me escuchaste cuando traté de contarte lo horrible que era conmigo en ocasiones. No me quiero ni imaginar qué jugosos insultos tendrá preparados para mí cuando tú no estés cerca.

–Tendrá que aceptarte o deberá encontrar otro trabajo –afirmó él con expresión dura mientras cerraba la puerta principal.

–Dime una cosa –comentó Isla mientras se cruzaba de brazos e inclinaba ligeramente la cabeza–. ¿Se mostró grosera con tus otras amantes? No me extraña que tus relaciones con ellas solo duraran un par de semanas como máximo.

Rafe apartó la mirada y se quitó la chaqueta para poder colgarla en el perchero de la entrada.

–No he traído a ninguna mujer aquí antes de traerte a ti. Solía tener esas relaciones cuando estaba fuera, de negocios. Hacía que todo fuera menos… complicado.

–¿Cómo has dicho? ¿A nadie?

Rafe la miró con una expresión inescrutable en el rostro.

–Este es mi hogar. Mi santuario privado. No me gusta compartirlo con desconocidos.

–Y, aparentemente, a tu ama de llaves tampoco.

Isla trató de disimular lo turbada que le había dejado aquella revelación sobre el pasado de Rafe. ¿Qué significaba? ¿Por qué la había llevado a ella allí? ¿Por qué había relajado las reglas con ella y había permitido que se alojara casi dos meses allí?

Una enigmática sonrisa apareció en su rostro.

–Sé lo que estás pensando…

–¿Sí? ¿El qué? –preguntó ella mientras trataba de mantener una expresión neutral.

Rafe se acercó a ella lo suficiente para poder colocarle un mechón de cabello detrás de la oreja. La observaba atentamente con sus ojos castaños, como si estuviera memorizando sus rasgos. Durante un instante, se detuvo sobre los labios y el ambiente se cargó de electricidad.

–Te estás preguntando por qué te traje aquí, ¿verdad? Por qué a ti y a nadie más…

La voz de Rafe era baja y profunda, una mezcla de grava y miel que hacía que la base de la espalda le vibrara como si una fina arena estuviera deslizándosele por la piel. Isla le miró la boca y tragó saliva.

–Sé una cosa con toda seguridad. No fue porque te hubieras enamorado perdidamente de mí.

–No, no fue por eso… pero tú tampoco estabas enamorada de mí. ¿O acaso ha cambiado eso en los últimos meses?

Isla camufló la expresión de su rostro con fría indiferencia, una indiferencia que no estaba segura de sentir. No iría tan lejos como para decir que estaba enamorada de él, porque resultaba demasiado amenazador bajar la guardia hasta ese punto. Amar a alguien le daba el poder a esa persona de hacer daño y ella ya había sufrido más que suficiente.

–Por supuesto que no. No te ofendas. Estoy segura de que muchas mujeres antes que yo se han enamorado profundamente de ti y han pagado un alto precio por hacerlo.

Rafe la miró atentamente, como si estuviera buscando algo que hubiera quedado oculto en la mirada de ella.

–Una de las razones por las que te traje aquí fue para evitar a la prensa. Quería poder disfrutar de ti sin que un montón de reporteros nos siguieran todo el tiempo.

–¿Y la otra razón?

Rafe sonrió.

–Atribúyelo a un momento de debilidad por mi parte.

Se alejó de ella y recogió el equipaje.

–Deberías descansar un poco. Ha sido un día muy largo.

Isla lo siguió al dormitorio principal. Ella experimentó una extraña sensación de *déjà vu* al entrar. Recordaba perfectamente cada detalle de la primera vez que entró allí con él. La explosiva pasión que habían compartido sobre aquella enorme cama instantes después. Miró a Rafe de soslayo para ver si él también se estaba sintiendo afectado por los recuerdos, pero la expresión de su rostro era inescrutable.

–¿Tienes frío? –le preguntó él señalando los enormes ventanales del cuarto, que estaban abiertos. Las delicadas cortinas de seda se hinchaban con el viento como si fueran velas–. Si quieres puedo cerrar las ventanas.

–Estoy bien. Déjalas abiertas. Resulta agradable poder disfrutar del aire fresco después de pasar tanto tiempo en el avión.

–Haré que Concetta te suba algo de comer.

–Te ruego que no lo hagas. Me gustaría estar a solas durante un rato.

Lo último que necesitaba en aquellos momentos era escuchar los insultos de la antipática ama de llaves. Se sentía muy agitada y confusa. Regresar allí le había producido una gran angustia.

No sabía cómo debía afrontar la propuesta de Rafe. No estaba segura del lugar que ocupaba en su vida o de si tenía un lugar en su vida aparte del que le correspondía por ser la madre de su hijo, un hijo que le podría quitar si así lo decidía. Ella no pertenecía a aquel mundo. Se sentía como un pez tan lejos de las aguas que le eran conocidas que se estaba asfixiando. Sería una estupidez bajar la guardia y terminar amargada y desilusionada como siempre le había ocurrido. Después de la muerte de su madre, había esperado que su padre la reclamaría, pero él la había entregado a los servicios sociales tan pronto como le fue posible. Después, conoció la desilusión de ver que, familia tras familia, mostraban interés por ella, pero luego, de repente, desaparecía. Sus esperanzas hechas añicos una y otra vez. Incluso sus dos últimos novios, hombres con los que había creído que tenía un futuro, la habían abandonado sin ceremonia alguna.

Rafe se acercó a ella y le tomó las manos entre las suyas. Se las apretó ligeramente y la miró con preocupación.

–¿Te encuentras mal? ¿Tienes náuseas?

–No… Solo estoy cansada –mintió.

–Sé que regresar aquí conmigo es un paso muy grande para ti. Sin embargo, tenemos que centrarnos en lo que sea mejor para el bebé. Nuestro bebé.

Isla se zafó de él y puso distancia entre ellos.

–Tu ama de llaves ni siquiera se cree que el bebé sea tuyo.

Rafe dejó escapar un suspiro.

–¿Quieres que me deshaga de ella? ¿Es eso lo que quieres? ¿Que la despida y que busque a otra? Concetta solo ha trabajado para mí. Su vida no ha sido fácil. Estuvo casada con un bruto que le quitó todo el dinero cuando ella por fin reunió el valor para abandonarlo. No sabe hacer otra cosa.

Había una parte de Isla que eso era lo que quería precisamente, que despidiera a Concetta en aquel mismo instante. Sin embargo, otra parte de ella, sabía lo que se sentía cuando le despedían a una de un trabajo muy necesitado por expresar libremente una opinión.

–No, no es eso lo que quiero. Puedo defenderme y sola. Lo he tenido que hacer durante la mayor parte de mi vida. Dios sabe que nadie más iba a hacerlo por mí.

Rafe se colocó a sus espaldas y le puso las manos sobre los hombros. Entonces, la obligó a darse la vuelta.

–¿Cómo reaccionó tu familia cuando les dijiste que estabas embarazada? ¿Se alegraron por ti? –le preguntó. Isla trató de zafarse de él, pero Rafe se lo impidió–. No –añadió frunciendo el ceño–. No huyas. Dímelo.

–No tengo familia –respondió ella sin mirarlo a los ojos–. Mi madre murió alcoholizada cuando yo tenía siete años. Me entregaron a mi padre, que llevaba divorciado de mi madre desde que yo cumplí los cinco años, pero no me mantuvo mucho tiempo a su lado. Me pasé el resto de mi infancia en casas de acogida.

–¿Por qué no me lo dijiste antes? –preguntó él muy sorprendido–. ¿Por qué me diste la impresión de que tuviste una infancia normal?

Isla consiguió zafarse en aquella ocasión. Su expresión era reservada.

–Porque resultaba mucho más fácil que explicarlo todo. Tú tampoco hablaste de tu familia y a mí no me importó. Estábamos teniendo una aventura, Rafe. No nos estábamos prometiendo compartir nuestra vida para siempre.

–¿Había algo verdadero en lo que me dijiste?

Isla se sentó en la cama antes de que le fallaran las piernas por puro agotamiento, más emocional que físico. La única persona que conocía lo ocurrido durante su infancia era Layla, porque las dos se conocieron cuando estaban en familias de acogida. Sin embargo, Layla había tenido la suerte de que la reclamara una tía abuela, que se la llevó a vivir con ella a la casa en la que trabajaba como ama de llaves para una acaudalada familia escocesa.

–Lo siento, pero no me gusta hablar de mi pasado. Intento olvidarlo todo lo posible.

Rafe se agachó frente a ella y le colocó una mano en la rodilla.

–¿Qué crees que habría dicho yo si me lo hubieras contado?

Isla rio con ironía.

—Te puedo decir una cosa. No me habrías invitado a vivir aquí durante dos meses. Tú sales con supermodelos, no con chicas de barrio.

—¿De verdad crees que no habría tenido una relación contigo por tu pasado? ¿Acaso crees que soy tan esnob?

Isla levantó la barbilla. El orgullo era la única armadura en la que confiaba.

—¿Y por qué ibas a hacerlo? No tenemos nada en común. Tú creciste con dinero. Yo crecí en la pobreza. Tú tienes padre, madre y dos hermanos. Yo no tengo a nadie.

Una sombra pasó por el rostro de Rafe. Volvió a ponerse de pie como si se hubiera metamorfoseado en un anciano. Se mesó el cabello.

—La esposa de mi padre no es mi madre. Y mis hermanos lo son solo por parte de mi padre. Mi madre murió cuando yo tenía catorce años. Ella era la amante de mi padre.

Isla abrió los ojos como platos.

—Pero todo lo que he leído en la prensa sobre tu pasado....

—Lo pergeñó mi padre para limpiar su reputación —dijo él con una inconfundible amargura—. Mantuvo sus dos vidas separadas hasta que tuvo un accidente de automóvil casi mortal cuando yo tenía trece años. Jamás cuestionamos por qué siempre tenía que viajar por negocios. Era su trabajo. Nos mantenía, nos llevaba de vacaciones, nos colmaba de regalos... Ni siquiera nos preguntamos por qué no podía pasar las Navidades con nosotros ningún año. Siempre había una crisis de la que tenía que ocuparse, problemas de personal o algo que solo él era capaz de arreglar. Cuando pareció que no iba a sobrevivir al accidente, alguien de su empresa llamó a mi madre y fuimos rápidamente al hospital. Allí, lo encontramos rodeado por su familia. Su familia oficial.

Isla se levantó de la cama y se acercó a él.

—Debió de ser horrible descubrirlo de esa manera…

—Así es.

—Dijiste que tu madre murió cuando tenías catorce años. ¿Viviste con tu padre y… su familia después de eso?

—No —respondió él con una sonrisa cruel—. Me enviaron a un internado en Inglaterra. Lo suficientemente lejos como para que yo no pudiera turbar el nido de felicidad de mi padre.

—No pudo haber sido tan feliz cuando tu padre sintió la necesidad de tener una amante todos esos años —observó Isla.

—La esposa de mi padre provenía de una familia de dinero. De mucho dinero. Un divorcio estaba descartado. Ella le dio un ultimátum cuando se recuperó del accidente. Debía abandonar a su amante y mantener las distancias conmigo. Y así lo hizo él.

—¿Cómo? ¿Se olvidó de vosotros así, como si nada?

—Su empresa se habría hundido sin la constante inyección de fondos de Elena. Con mi padre, el dinero siempre ganaba por encima de los sentimientos.

—¿Tienes contacto con él ahora?

—Mínimo. Resulta extraño, pero a mi padre y a su esposa les resulta menos desagradable incluirme en su feliz familia ahora que me he convertido en uno de los hombres más ricos de Sicilia.

—No sé cómo puedes tener nada que ver con ellos después del modo en el que os trataron a tu madre y a ti.

—Mis hermanastros son buenas personas. No es culpa suya que mi padre sea un hombre débil cuya principal motivación es la avaricia.

–¿Lo quisiste alguna vez?

–Lo idolatraba –dijo él apesadumbrado–. Era mi héroe, la persona a la que más admiraba. Durante años, lo tuve como modelo… pero todo lo que me dijo no fueron más que mentiras –añadió tras chasquear la lengua con desprecio.

E Isla había hecho lo mismo. Se sintió muy culpable. Ella le había mentido por omisión en vez de decirle mentiras descaradamente. Y seguía haciéndolo, dado que le ocultaba información. Sin embargo, ¿cómo podía hablarle de las fotos, de las vergonzantes fotos en aquel bar de caballeros? Su joven cuerpo desnudo expuesto. Fotos que empezarían a circular tras el pago de grandes sumas de dinero si se casaba con Rafe. Sabía muy bien lo mucho que él odiaba la intromisión de la prensa. ¿Cómo podía una mujer así casarse con uno de los hombres más ricos de Sicilia? La noticia causaría mucho interés. El ama de llaves de Rafe no sería la única persona en la vida de él que la insultaría. Lo haría todo el mundo.

–Siento que lo hayas pasado tan mal, pero debes de sentirte satisfecho por haber conseguido llegar solo hasta lo más alto.

–Como tú, ¿verdad?

–Yo no he llegado a nada en mi profesión, Rafe. De hecho, hace tres meses que no toco un pincel.

–En ese caso, tendremos que hacer algo al respecto. He organizado una visita a mi abuela dentro de un par de días. Vive en Marsala, a unos ochenta kilómetros de aquí.

–No me hablaste de ella cuando estuve aquí la última vez. ¿Por qué?

–Mi *nonna* es también de la antigua escuela, como Concetta. A ella no le gustan las relaciones sin compromiso. Lleva años esperando que siente la cabeza. Ahora ha llegado el momento de que la conozcas como mi prometida.

–Yo no te he dicho que me vaya a casar contigo, Rafe.

Él abrió la cama y golpeó el colchón suavemente.

–Descansa un poco, *cara*. Insisto. Pareces cansada. Agotada más bien.

Isla se quitó los zapatos y se tumbó en la cómoda cama mientras él la cubría con la sábana. Después, Rafe se inclinó sobre ella para darle un beso en la frente. La sorprendente ternura del gesto hizo que Isla se preguntara si, en lo más profundo de su ser, Rafe no sentía algo por ella y no solo por el bebé que ella llevaba en su vientre. ¿Era una estúpida por esperar que fuera así? ¿No había aprendido ya la lección sobre lo de tener esperanzas en vano? Rafe era un buen hombre, cariñoso y sensible. El modo en el que trataba a su ama de llaves demostraba que tenía corazón. Sin embargo, ¿lo abriría alguna vez lo suficiente como para acoger también a Isla?

–Rafe… –le dijo cuando él casi había llegado ya a la puerta.

–¿Sí? –preguntó él tras volverse para mirarla.

–¿Y qué pasará si tu abuela, al igual que Concetta, no me acepta?

Una fuerte determinación apareció en los ojos de Rafe.

–Cuando lleves mi anillo, te aceptará. Y Concetta también. Ahora, descansa.

Si Rafe supiera lo poco aceptable que Isla se sentía…

Capítulo 5

RAFE estaba sentado en su despacho, frente a su escritorio. Tenía asuntos de los que ocuparse, pero, por una vez en su vida, no le apetecía trabajar. Sentía un profundo deseo de subir la escalera y reunirse con Isla en su cama.

Allí era precisamente donde quería estar en aquellos momentos, abrazándola, besándola, tocándola hasta que gimiera y suplicara. Hundirse en su cálida y dulce feminidad y olvidarse de todo menos de lo bien que los dos estaban juntos.

Debería estar enfadado con Isla porque ella no le hubiera hablado de su pasado, pero no era sí. Sentía compasión por ella, una profunda compasión. Las circunstancias de su infancia eran terribles y le dolía mucho que ella no se hubiera sentido lo suficientemente cómoda a su lado para decírselo cuando tuvieron su aventura.

Llevarla de vuelta a su casa había abierto el cofre de los recuerdos, un cofre que él había mantenido bien cerrado. Cuando ella lo dejó hacía tres meses, Rafe se había obligado a no pensar en los momentos que habían pasado juntos. Cada vez que su pensamiento evocaba el aroma de su piel o la suavidad de su boca, se concentraba en el trabajo o en el ejercicio. No se había permitido pensar en lo que tanto estaba echando de menos. No se trataba solo del sexo y de la animada conversación, sino que era a la propia Isla a la que echaba de menos. Su sonrisa, sus sonoras carcajadas, el tacto sedoso de su piel.

Ansiaba que ella le tocara su piel. Ansiaba volver a sentirlo, hundirse de nuevo en ella y enviarlos a ambos al paraíso.

Concetta le había recriminado en muchas ocasiones que insistiera en guardar las cosas de Isla. Cada vez que iba al vestidor y veía las cosas de Isla, era una tortura. Eran cosas que él le había comprado y que guardaba para recordarse de su fracaso a la hora de interpretar las señales de la relación que había habido entre ambos. Odiaba fallar y nada apestaba más a fallo que verse engañado en una relación.

Su presencia había cambiado el ambiente de la casa la primera vez que cruzó el umbral de la puerta y lo había vuelto a cambiar.

Se levantó para ir a la ventana y contemplar la hermosa playa de Mondello, que se extendía a sus pies. Su casa, con sus jardines y la piscina infinita desde la que se contemplaba el mar, era su castillo. Su fortaleza. La casa que deseaba que su madre hubiera visto, si ella hubiera vivido lo suficiente para disfrutarla con él. Su madre se había pasado muchos años de su vida viviendo una mentira y le dolía pensar todas las cosas que ella no había tenido porque su padre la había tenido engañada con falsas promesas año tras año. Al contrario de Rafe, su madre siempre había sabido que Tino Angeliri tenía una esposa, pero se había conformado siendo su amante por lo mucho que lo amaba. Rafe también lo había querido mucho y había pensado que su padre lo quería a él, pero eso era tan solo otra mentira. Durante un tiempo, Rafe se había sentido furioso con su madre por no decirle la verdad sobre su padre, pero, con el tiempo, había llegado a comprender que ella lo había hecho tan solo para protegerlo a él.

Rafe y su madre habían vivido en un bonito apartamento, que pagaba su padre, pero su madre siempre había deseado tener jardín. Por ello, Rafe se había gastado una verdadera fortuna en el jardín que tenía en su casa para honrar el deseo de su madre. Como había tenido que pasarse mucho tiempo viajando, apreciaba aún más su santuario privado. Tenía algunos empleados, pero la mayor parte del tiempo estaba allí solo.

No en aquella ocasión.

Isla lo acompañaba y él quería que se quedara. Indefinidamente. Serían padres cuatro meses después. Quería que su bebé experimentara lo que él no había tenido. Legitimidad. Reconocía que insistir en el matrimonio estaba algo pasado de moda hoy en día, pero él no se conformaría con menos. No consentiría que se refirieran a Isla como su amante. No permitiría que su hijo fuera ilegítimo, como tampoco ser padre a tiempo parcial. Isla y él serían una familia y él haría también todo lo posible para que la relación funcionara.

Abrió la ventana y dejó que el aroma salado del mar le inundara las fosas nasales. Le había sorprendido mucho saber que Isla había crecido sin una familia que la quisiera, en especial porque le había dado a entender lo opuesto. Sin embargo, ahora que ya sabía la verdad, sí que había habido pistas de las que él no se había percatado. Isla jamás llamaba a nadie por teléfono ni nadie la llamaba a ella, aparte de su amiga Layla.

Él no era el más adecuado para hablar al respecto. No llamaba a su padre ni a su madrastra ni a sus hermanastros. Tan solo les enviaba un mensaje por su cumpleaños. Al único miembro de la familia a la que llamaba ocasionalmente era a su abuela, porque era lo último que le quedaba de su madre. Sin embargo, incluso esa relación resultaba complicada. La vergüenza de haber tenido una hija que había vivido «en pecado» y de haber tenido un hijo ilegítimo con su amante casado había causado una brecha entre su abuela y su madre. Eso había significado que Rafe no había conocido a su *nonna* hasta después de la muerte de su madre. No era la manera más adecuada de construir un vínculo familiar.

Rafe suspiró y se apartó de la ventana. Tal había sido el destino el que había hecho que se conocieran en aquel bar en Roma. Tal vez habían detectado algo el uno en el otro, un cierto aislamiento, la sensación de no pertenecer a nadie. Rafe se había fijado en ella en el momento en el que entró en el bar. Ella estaba sentada en un rincón, con un bloc de dibujo en las manos. Fruncía sus hermosos rasgos por la concentración con la que estaba dibujando a uno de los clientes. El parecido era asombroso y Rafe había entablado inmediatamente conversación y… Bueno, el resto era historia. Una copa y cuarenta y dos minutos más tarde, se la había llevado de vuelta a su hotel y estaban en la cama. El sexo había sido tan fenomenal que él, al contrario de lo que era habitual, le había pedido que lo acompañara a París en viaje de negocios. Después de París, se la llevó a todas partes. Berlín, Zúrich, Praga, Viena, Ámsterdam, Atenas y Copenhague. Y después, y eso sí que fue impropio de él, a su casa de Sicilia.

Sin embargo, si era sincero consigo mismo, no era solo el sexo lo que le había animado a llevarla a su santuario privado. La había querido tener para él solo. Cuanto más tiempo pasaba con ella, más se daba cuenta de que era diferente a sus otras amantes. Se había llevado a sus anteriores amantes a viajes y vacaciones, pero, cuando acababa el viaje, estaba deseando terminar la relación.

Con Isla no. Primero había querido un mes con ella, luego dos y después, sin previo aviso, ella se marchó.

Se sentó en su escritorio y frunció el ceño. ¿Había sido la diferencia de su pasado lo que le había hecho huir en cuanto descubrió que estaba embarazada? Apretó la mano derecha hasta que los nudillos se le pusieron blancos. ¿Por qué no se había esforzado más para encontrarla? ¿Por qué había permitido que su orgullo se interpusiera entre ambos? Había perdido tres valiosos meses y, si no se hubiera encontrado con ella por casualidad, tal vez jamás se habría enterado de que iba a ser padre. ¿Quién podría culparla por querer mantener en secreto su embarazo? Él no le había hecho promesa alguna. No se había comprometido en nada más que en lo de que la relación era exclusiva mientras durara.

El matrimonio era la única manera de compensarla. La seguridad de una relación formal en la que criar a su hijo era la solución.

La única solución.

Isla se despertó muy descansada de la siesta. Se incorporó y se apartó el cabello del rostro. La brillante luz de la tarde se había ido transformando en los colores pasteles del atardecer, que le daban a la habitación un ambiente tranquilo y sosegado. Apartó la sábana que la cubría y se puso de pie. Permaneció inmóvil un instante para asegurarse de que no se mareaba. Cuando comprobó que se sentía bien, fue al lujoso cuarto de baño y se refrescó un poco. Pensó en darse una ducha, pero no quería que Rafe la sorprendiera. Solo mirar la ducha le producía una extraña sensación en el estómago. Los eróticos recuerdos de lo que él le había hecho allí se apoderaron de ella y le provocaron una oleada de deseo por todo el cuerpo.

Regresó al dormitorio y miró hacia el vestidor. ¿De

verdad habría guardado Rafe todas sus cosas? Cuando se marchó de allí, tan solo se había llevado lo que era suyo. Había dejado atrás todo lo que él le había comprado. No había querido que Rafe o su hosca ama de llaves la acusaran de ser una cazafortunas.

Deslizó la puerta corredera y entró en el vestidor. El estómago le dio un vuelto. Toda su ropa estaba colgada frente a la de él. Los zapatos estaban también perfectamente ordenados. Las joyas estaban aún en la vitrina. Entonces, abrió uno de los cajones y encontró la sensual lencería que se había puesto para él. Exquisito encaje y raso en una amplia variedad de colores, desde el negro hasta el blanco virginal.

Isla escogió una camisola de seda azul oscura y unas braguitas a juego. Gozó tocando la tela entre los dedos y recordó cómo Rafe le había quitado ambas prendas de su cuerpo poco a poco, dejando un rastro de besos y de deseosa carne. Se echó a temblar y volvió a dejar la ropa interior en su sitio para luego cerrar bruscamente el cajón.

Sin embargo, no le resultó tan fácil apartar los recuerdos de sus caricias.

Oyó que la puerta del dormitorio se abría y salió del vestidor. Vio que era Rafe, que entraba en la suite con un largo vaso de zumo de naranja recién exprimido en la mano. De repente, se sintió avergonzada de que él la hubiera visto mirando lo que había dejado atrás.

—No creo que ninguna de esas cosas me sirva durante mucho más tiempo.

—En ese caso, te compraré cosas que te sirvan —dijo él mientras dejaba el vaso sobre la mesilla de noche.

—No tienes por qué hacerlo. Me puedo comprar mi propia ropa.

Rafe se acercó a ella y le agarró la mano.

—¿Te has levantado por el lado equivocado de la cama?

–Del lado equivocado, no. De la cama equivocada.

–Te quiero en mi cama, Isla. Ahí es donde debes estar –dijo él con voz autoritaria.

Isla trató de demostrar que aún tenía poder de decisión. No mucho, pero sí algo. Levantó la barbilla con gesto combativo.

–¿Crees que simplemente podemos volver a retomar nuestra relación donde la dejamos? Baja a la realidad, Rafe.

Él le soltó la mano y le agarró las caderas. Isla sabía que debía zafarse de él, pero, de algún modo, su fuerza de voluntad la había abandonado por completo. Su tacto era como el fuego a través de las capas de ropa.

–Yo te diré lo que es real –susurró, colocando la boca a un suspiro de la de ella–. Tú también lo sientes, ¿verdad?

Isla no pudo impedir que su cuerpo se acercara al de él, como si estuviera programado como un robot que tiene que regresar a la base para recargarse. La firme y cálida columna de su excitación y el anhelo que ella sentía entraron en contacto y provocaron una descarga eléctrica por todo el cuerpo. De repente, la boca de ella se unió a la de él, pero Isla no supo quién había cerrado la distancia final. No importaba. Lo único que importaba era el contacto de los labios de Rafe moviéndose con tanta maestría sobre los suyos, sentir la exigencia de la lengua provocando a la de ella en un sensual juego, experimentar el deseo apoderándose de su carne, encendiendo todas las zonas erógenas para llevarlas a un estado de anticipatoria consciencia.

Le rodeó el cuello con los brazos y le agarró el cabello por si él cambiaba de opinión y se alejaba de su lado. Si Rafe daba un paso atrás, ella moriría. Un desesperado gemido de aprobación se le escapó de los labios y se apretó un poco más a él, frotándose contra la erección. La necesidad de tenerlo dentro de su cuerpo era tan intensa que resultaba abrumadora.

La boca de Rafe continuó explorando la de ella. Los labios eran delicados un instante, para convertirse en duros e insistentes al siguiente. La lengua de él bailaba y danzaba con la de ella en una coreografía erótica que le debilitaba a ella las piernas, le hacía vibrar la piel y le aceleraba los latidos del corazón. El ligero roce de la barba sobre el rostro de ella cuando Rafe cambió de posición despertó sus sentidos aún más y los llevó al límite. Rafe le tomó el labio inferior entre los dientes y tiró suavemente. La sensación la excitó aún más.

Entonces, Isla repitió el gesto, tirando y soltándole el labio para luego lamérselo suavemente con la lengua. Rafe se echó a temblar y emitió un sonido gutural antes de estrecharla de nuevo entre sus brazos.

—Me vuelves loco sin ni siquiera esforzarte —susurró él antes de besarla de nuevo y acrecentar aún más el deseo que pulsaba por todo su cuerpo.

Deslizó una mano por debajo de la camiseta de ella para cubrirle un seno. Ella gimió de placer. Sus senos eran aún más sensibles que hacía tres meses, pero la carne parecía reconocer el tacto y respondía con excitado fervor. Él le desabrochó diestramente el sujetador y besó por fin el seno desnudo, deslizando hábilmente la lengua sobre el pezón y alrededor de él como si fuera el pincel de un experimentado pintor. Era una deliciosa tortura. Cada nervio de su piel bailaba presa de una frenética excitación. Lo más íntimo de su ser se licuaba como si fuera fuego líquido.

Isla le agarró la cinturilla de los pantalones y se los desabrochó. Necesitaba tocarlo. Saborearlo. Torturarlo del mismo modo que él lo estaba torturando a ella. Sin embargo, Rafe le apartó la mano y la llevó andando hacia atrás en dirección de la cama. La tumbó y se colocó junto a ella, mientras proseguía administrándole la delicada fricción sobre el seno desnudo.

–Te deseo…

Se quedó atónita al escuchar lo desesperada que sonaba, pero ya no le importaba. No necesitaba su orgullo. Lo que quería era placer, un placer que solo él podía proporcionarle y que sabía que la volvería loca.

–Por favor… Rafe….

Se movió contra él cuando Rafe bajó la mano y le cubrió la entrepierna con ella a través de la ropa. Aplicó la presión justa para que ella arqueara la espalda.

–¿Estás segura de que lo deseas?

–Sí. Mil veces sí. Ya sabes que te deseo. Y tú también me deseas a mí –susurró ella antes de obligarle a bajar la cabeza para que la besara de nuevo.

Rafe la besó larga y apasionadamente mientras deslizaba la mano debajo de la cinturilla de la falda y la llevaba hasta las braguitas. Se las bajó y ella lo ayudó con sus movimientos para que pudiera liberarla de ellas. Isla no quería barrera alguna entre sus cuerpos. Entonces, delicadamente, Rafe comenzó a explorar los femeninos pliegues, acariciándolos y provocándolos para que alcanzaran la máxima excitación. Estaba tan cerca… tan cerca… tan desesperadamente cerca…

Rafe se deslizó por encima de su cuerpo y colocó la boca donde habían estado los dedos. Utilizó la lengua para empujarla hasta lo más alto. Las sensaciones comenzaron a recorrer la sensible carne y ella se vio presa de un orgasmo tan intenso que pareció afectar a todos los músculos de su cuerpo. Se arqueó, se retorció y tembló bajo las exquisitas caricias de la lengua. Entonces, gritó muy fuerte con una mezcla de gemidos y de jadeos mientras su piel se tensaba y relajaba después con un intenso placer.

Recobró la tranquilidad tras dejar escapar un profundo suspiro.

—Ciertamente no has perdido tu toque —le dijo, mientras buscaba la mano y entrelazaba los dedos con los de él.

Sin embargo, sintió reserva en él. Un distanciamiento a pesar de que estaban de la mano. La perezosa sonrisa de su rostro no encajaba con la expresión hermética de su mirada.

—Ni tú —le dijo antes de inclinarse sobre ella para darle un ligero beso en la frente.

Isla frunció el ceño. Se sentía confusa, llena de dudas. ¿Por qué no seguía? ¿Por qué no se mostraba él tan desesperado como ella lo había estado hacía unos segundos? ¿Acaso estaba tratando de demostrar algo, como que ella lo necesitara más a él que a la inversa?

—¿No vas a terminar?

—Ahora no.

Se levantó de la cama y se colocó junto a ella para mirar a Isla. Resultaba evidente que ya había terminado.

—Concetta tendrá la cena preparada dentro de poco. ¿Por qué no te duchas y te cambias? Nos reuniremos abajo.

Isla se levantó de la cama y trató de colocarse la ropa.

—¿Por qué no paras de decirme lo que tengo que hacer? —le espetó, dolida por aquel rechazo.

—Simplemente estoy tratando de hacer lo correcto contigo, Isla. Has tenido un día muy largo y agotador.

—¿Acaso mi embarazo te quita las ganas? ¿Es que no te apetece hacerle el amor a una…?

—No.

—Entonces, ¿qué? Hace cinco meses estaríamos ya por nuestro segundo orgasmo… —dijo. Posiblemente el tercero o el cuarto para ella.

Rafe se volvió a meter la camisa en los pantalones y luego se mesó el cabello.

–En el pasado, fuimos demasiado deprisa en nuestra relación. Esta vez, me gustaría tomarme las cosas con más calma.

–¿Por qué? –le preguntó ella furiosa. ¿Para que puedas hacer que me enamore de ti y no pueda negarme a tu oferta de matrimonio? Eso no va a pasar. De ninguna manera.

Isla se dio la vuelta y se marchó al cuarto de baño. Estaba furiosa con él y consigo misma por no haberse resistido. Cerró de un portazo y se apoyó contra la puerta. ¿Por qué había caído entre sus brazos como si estuviera desesperada? Ella había ardido y él había mantenido el control. Ni una sola vez había mostrado debilidad. ¿Qué decía eso sobre su relación? La dinámica de poder la colocaba a ella en clara desventaja.

¿Acaso no había sido siempre así? El mundo de él. El de ella. Dos mundos separados que se habían unido por fin con la concepción de aquel bebé, un bebé que podía servir de puente entre ellos. ¿Se conformaría ella con ese acuerdo cuando toda su vida había querido que la amaran por sí misma?

Rafe llamó a la puerta.

–Isla, abre.

–Vete de aquí. Te odio –le espetó. Se sentía avergonzada de sí misma por ser tan débil.

La carcajada burlona hizo que deseara arrojar al suelo todos los botes de productos cosméticos y de aseo que había sobre la encimera de mármol. Apretó los puños, conteniendo la necesidad de gritar de frustración. Sin embargo, en vez de grito, un sollozo ahogado salió de su garganta. Bajó la cabeza y se ocultó el rostro con las manos. Los hombros le temblaban con el esfuerzo de tratar de mantener bajo control sus emociones.

De repente, la puerta se abrió y Rafe entró en el cuarto de baño. Le agarró los hombros y la estrechó contra su cuerpo mientras le acariciaba la parte posterior de la cabeza y realizaba ligeros sonidos para tranquilizarla. Aquello la desarmó totalmente.

—Shh, *mia piccola*. No quería disgustarte. Venga…

Isla apretó el rostro contra el torso de él y permitió que Rafe le rodeara la cintura con la mano que tenía libre.

—Lo siento —susurró Isla.

—No tienes que disculparte. Soy yo el culpable.

Isla se apartó un poco, pero fue incapaz de mirarlo.

—Son las hormonas… Debe de ser… Yo normalmente nunca lloro…

Rafe sacó un pañuelo de una caja que había sobre la encimera de mármol y le secó cuidadosamente los ojos. Tenía una expresión tan cálida en su rostro que Isla sintió de nuevo muchas ganas de llorar.

—Han ocurrido muchas cosas en muy poco tiempo. Tu vida está totalmente patas arriba y yo soy el responsable. Perdóname por haberte disgustado, tesoro. No era mi intención.

Rafe le entregó otro pañuelo e Isla se sonó la nariz. Entonces, se giró para mirar el enrojecido rostro en el espejo.

—Ufff, por eso no lloro nunca. Qué cara.

Rafe la miró a través del espejo y sonrió.

—Personalmente, nunca antes me habías parecido tan hermosa.

Isla se giró para mirarlo a él.

—¿Te importaría que no bajara a cenar? No me apetece ir al comedor esta noche…

Rafe le apartó un rizo del rostro.

—Te subiré algo en una bandeja. ¿Te parece bien?

—Me parece perfecto.

Capítulo 6

RAFE regresó al dormitorio con la cena en una bandeja después de darle a su ama de llaves el resto de la tarde libre. Sin embargo, cuando entró en la habitación, encontró a Isla profundamente dormida. Estaba acurrucada sobre un costado, con su gloriosa melena rojiza extendida sobre la almohada y una mano sobre el vientre. No supo si despertarla o no. Ella necesitaba descansar, pero también debía comer.

Y él tenía que mantener las manos lejos de Isla, pero la deseaba con una intensidad que no cejaba. Haberla acariciado antes había transformado su deseo en una vibrante necesidad que aún poseía su cuerpo. Había tenido que echar mano a toda la fuerza de voluntad de la que disponía para contenerse. No quería verse cegado por la lujuria de modo que, una vez, más, se precipitaran. En aquella ocasión, quería tomarse las cosas con calma. Lento, pero seguro. Ese era su plan.

Debía centrarse en el futuro, en su futuro como familia. Tenía que demostrarle a Isla que ella tenía un lugar en su vida como esposa, compañera y madre de su hijo. Un lugar permanente.

Colocó la bandeja en la mesilla tan sigilosamente como pudo y se sentó en el borde de la cama. Apretó las manos con fuerza contra los muslos para evitar tocarla. «Deja que duerma, deja que duerma». Se repetía las palabras constantemente, pero al final no pudo contenerse. Extendió la mano para apartarle un mechón del rostro y, casi inmediatamente, ella abrió los ojos y lo miró.

Sonrió algo avergonzada y se sentó en la cama.

–He debido de quedarme dormida… –susurró. Entonces, miró la aromática cena que le esperaba en la bandeja y frunció el ceño–. Vaya… parece mucha comida para una persona.

–En estos momentos no eres solo una persona –dijo Rafe tras colocarle la bandeja sobre el regazo–. Necesitas alimentar al bebé que está creciendo dentro de ti.

–Rafe…

–Come primero. Ya hablaremos después.

Rafe le entregó los cubiertos y ella levantó la mirada lentamente para cruzarse con la de él.

–Solo quería darte las gracias por lo de antes. Has sido muy amable conmigo y yo me he comportado de una manera algo desagradecida.

–Estos no son momentos fáciles para ninguno de los dos. Y para ti menos que para mí. Sin embargo, estoy seguro de que conseguiremos que funcione. Tenemos que hacerlo. Tenemos un hijo en común y él o ella tiene que ser la prioridad en nuestras vidas.

–¿Has cambiado alguna vez de opinión una vez que te has decidido sobre algo? –le preguntó ella tras una pequeña pausa.

–Casi nunca.

–¿Y eras tan testarudo de niño?

–Siempre. Volvía loca a mi madre.

–Me lo creo perfectamente –replicó ella. Tomó una jugosa fresa y le dio un bocado.

Rafe deseó poder lamer el zumo de aquellos jugosos labios. Tuvo que frenar todos los músculos de su cuerpo para no hacerlo. El deseo se había apoderado de nuevo de él, caldeándole la carne y convirtiéndolo en piedra.

–¿Por qué me miras así? –le preguntó Isla limpiándose los dedos en la servilleta.

–¿Cómo te estoy mirando?

–Ya sabes cómo –murmuró ella sonrojándose.

Rafe tomó una fresa del plato y se la acercó a la boca de Isla.

–Me gusta verte comer.

Isla dio un pequeño bocado a la fresa, masticó, tragó y se lamió los labios.

–¿No te da hambre?

–Sí.

Un brillo pícaro se reflejó en los ojos de Isla. Tomó la fresa a medio comer de la mano de Rafe y se la ofreció a él.

–¿Por qué no le das un bocado?

Había algo profundamente erótico en lo de colocar los labios donde habían estado los de ella hacía unos instantes. Mordió la suave pulpa y el dulce sabor le estalló en la boca.

–Mmm… deliciosa…

Isla tomó otra fresa, pero, antes de que pudiera acercarla a la boca de Rafe, él le agarró la muñeca. No quería fresas. La deseaba a ella. Isla dejó caer la fruta y sacó la punta de la lengua para lamerse los labios. Las pupilas se le dilataron cuando vio que Rafe bajaba la cabeza para acercarla a la de ella.

La dulzura de la fresa no tenía que ver con la dulzura de los labios de Isla. Rafe se perdió en la suavidad de su boca, en el juguetón baile de la lengua cuando recibió a la de él. El fuego del deseo le lamió la piel como si fueran llamas y la sangre se dirigió con fuerza hacia el sur, como si fuera un misil nuclear. La rodeó con sus brazos, estrechándola contra su cuerpo para poder profundizar el beso aún más. La bandeja se tambaleó entre los dos, por lo que Rafe dejó de besarla un instante para retirarla y colocarla de nuevo sobre la mesilla de noche.

Después, le enmarcó el rostro con las manos una vez más.

—¿Dónde estaba yo?

Isla le agarró las muñecas y se las apartó.

—¿Va a ser como la otra vez, cuando tú te contuviste para demostrar lo que piensas?

Rafe frunció el ceño y agarró las manos de Isla. Aquel comentario le había recordado justo a tiempo que estaba yendo demasiado rápido. Su fuerza de voluntad tenía sus límites y tentarla más allá de lo que era capaz de resistir no era muy buena idea hasta que la relación de ambos estuviera más cimentada.

—No va a ser como la última vez porque no vamos a hacerlo hasta que lleves mi anillo de compromiso. He pedido cita para que vayamos a elegirlo mañana.

No pensaba presentarla a su *nonna* sin anillo de compromiso.

—¿No te parece que, de repente, te has vuelto muy chapado a la antigua? ¿Qué le ha ocurrido al hombre que me llevó de vuelta a la habitación de su hotel y me desnudó en menos de una hora?

—Paciencia, *cara*. Tenemos el resto de nuestras vidas juntos.

Isla se colocó las manos sobre el pecho y lo miró con desaprobación.

—Estás muy seguro de que voy a encajar con tus planes, pero te aseguro que tengo opinión propia, Rafe. Ya te lo he dicho antes. No voy a consentir que me obligues a casarme contigo. El matrimonio es para personas que se aman y que quieren pasar el resto de sus vidas juntos.

Rafe se levantó de la cama y se metió las manos en los bolsillos. Se imaginó que era mejor ponérselas ahí que sobre Isla para demostrarle que el amor no era necesario con la química que ellos compartían.

–El amor romántico del que tú hablas es una fantasía. No dura. Hay tantas parejas, supuestamente enamoradas, que terminan divorciándose después de un par de años juntos. Tenemos mucha más posibilidad de conseguir que funcione porque estamos empezando con expectativas realistas y las motivaciones adecuadas para hacer lo mejor por nuestro hijo.

–¿Qué es lo que ha hecho que seas tan cínico sobre el amor? ¿Te rompió el corazón alguna mujer en el pasado?

Rafe soltó una carcajada al pensar en sí mismo enamorándose. Ni siquiera había estado cerca de hacerlo. No se lo había permitido. Amar a una persona le dejaba a uno ciego y vulnerable. Él había amado a su padre y el resultado había sido nefasto. El padre al que había amado tanto y cuyo modelo había querido imitar, no era nada más que un mentiroso. No quería volver a sentir aquel nivel de desilusión y tristeza nunca más.

–No. No he estado enamorado nunca, pero he visto lo que es estar enamorado y lo que les hace a las personas cuando termina.

Isla se colocó las manos sobre el vientre y frunció el ceño.

–Sin embargo, para un alto porcentaje de personas no termina nunca. Dura toda una vida.

–Tal vez, pero no hay garantías –afirmó él. Se sacó las manos de los bolsillos y se acercó a recoger la bandeja de la mesilla de noche–. ¿Has terminado con esto?

–Sí. Ya he comido suficiente.

Rafe recogió la bandeja y se volvió de nuevo para mirarla.

–No quiero que pienses que no tengo sentimientos, Isla. Me preocupo por el bebé y por ti. Lo sabes, ¿verdad?

–No te estoy pidiendo que te enamores de mí –comentó ella apartando la mirada.

–¿No?

–Los hombres como tú no se enamoran de mujeres como yo, al menos no en la vida real.

–¿Ahora quién está hablando con cinismo? –le preguntó él, suavizando el comentario con una sonrisa–. ¿Necesitas algo más? ¿Un té o zumo…?

–Estoy bien. Por favor, no te preocupes. No estoy enferma, solo embarazada –comentó ella con un cierto tono de irritación que hizo que Rafe se preguntara si estaba ocultando el dolor que sentía. Sin embargo, él no se sentía cómodo haciendo promesas que no podía cumplir. El amor era terreno vedado para él y tenía buenas razones para que así fuera. Era un sentimiento en el que no confiaba.

Ni podría volver a confiar nunca.

Cuando Rafe se marchó del dormitorio, Isla se reclinó de nuevo contra las almohadas y dejó escapar un pesado suspiro. No estaba segura de por qué seguía insistiendo en el tema del amor. Sería un desastre que ella se enamorara de Rafe. Su pasado le impediría a Rafe amarla a ella. Rafe era un hombre orgulloso y extremadamente reservado. Si descubría su sórdido pasado, toda posibilidad de un futuro juntos quedaría destruida. ¿Cómo podría alguien en su sano juicio, ella incluida, pensar que era lo suficientemente buena para alguien como Rafe? Al igual que él, Isla nunca se había enamorado antes, pero una parte secreta de ella soñaba con hacerlo. Tener una relación con una pareja, que expresara abiertamente el mismo amor que ella sentía hacia él.

Sin embargo, ¿cómo podía ella permitirse esperar que Rafe fuera a ser esa pareja?

A pesar de todo, cuanto más hablaba de matrimonio y de criar juntos a su hijo, más tentador resultaba. No le gustaba la idea de ser madre soltera. A su madre le había costado mucho hacerles frente a las exigencias de una niña pequeña, sobre todo después de que el padre de Isla se marchara. El matrimonio solo había tenido lugar porque la madre se quedó embarazada de Isla. Había sido un error desde el principio. Su padre había sido un hombre inmaduro e infantil, que no estaba listo para las responsabilidades de ser padre. Cuando el matrimonio fracasó, la madre de Isla comenzó a automedicarse y a beber. Isla tenía terribles recuerdos sobre haber pasado hambre cuando su madre se quedaba dormida con una resaca tras otra. También pasó frío cuando no había dinero para pagar las facturas de la calefacción. Gritos y comentarios sarcásticos cuando su madre se quedaba sin pastillas o sin alcohol y la culpaba a ella por el curso que había tomado su vida. Tras la muerte de su madre y el posterior rechazo de su padre, Isla se pasó el resto de su infancia de casa en casa, sin pertenecer nunca a ningún sitio, sin encajar, sin sentirse amada.

El matrimonio entre Rafe y ella podría no sufrir apuros económicos como el de los padres de ella, pero sería una especie de contrato basado en el deber, no en el amor.

¿Podría ella correr ese riesgo por el bien de su hijo?

Al día siguiente, Rafe llevó a Isla a una joyería muy exclusiva que conocía en Palermo. Allí, el diseñador los llevó a una sala privada y sacó una selección de exquisitos anillos para que ella pudiera elegir. Isla sabía que tendría que haberse plantado aquella misma mañana ante la insistencia de Rafe sobre el anillo, pero, por algún motivo, no pudo negarse a sus planes. Tal vez el hecho de llevar un anillo impediría que el ama de llaves siguiera mirándola con descarado desprecio. Además, tenían que visitar a la abuela aquella misma tarde y sabía que sería mucho más fácil conocer a la anciana con un anillo en la mano.

El diseñador los dejó a solas con los anillos. Isla se fijó inmediatamente en uno muy sencillo, de estilo mosaico. Cada uno de los lados relucía mucho cada vez que captaba la luz. No era el anillo más impresionante de la selección y era más tradicional que el resto, pero a ella la cautivó a simple vista.

–¿Me puedo quedar con este?

–¿Con este? –le preguntó Rafe mientras lo retiraba del tapete de terciopelo y le tomaba la mano–. Vamos a ver si te sirve.

Se le deslizó perfectamente por el dedo como si hubiera sido confeccionado especialmente para ella. Rafe sonrió.

–Te sienta muy bien.

Isla contempló la mano y admiró cómo relucían los diamantes.

–Es precioso… Espero que no sea demasiado caro. No tienen etiquetas con el precio y…

–No es problema.

Isla se sintió muy incómoda por haber hablado del precio. Por supuesto que Rafe no tenía que preocuparse por el precio. Él se podría permitir cualquier anillo que hubiera en la tienda. Ella esperó a un lado mientras él lo pagaba y, después, cuando terminó, Rafe se acercó a agarrarle de la mano y salir de la tienda.

–Gracias –dijo ella–. Es un anillo precioso.

–He encargado las alianzas de boda a juego. Pablo se va a poner con ellas inmediatamente.

Isla estuvo a punto de decirle que no se molestara en encargar alianzas, pero algo se lo impidió. ¿Sería un error casarse con él? Rafe era el padre de su hijo y lo amaría y cuidaría de él o ella, sin huir de sus obligaciones tal y como lo había hecho su padre. El matrimonio con Rafe le ofrecería a ella y al bebé la clase de seguridad financiera con la que ella solo podía soñar. El dinero no lo era todo y ciertamente no era el mejor motivo para casarse con alguien, pero el hecho de no tener que preocuparse nunca del sustento de su hijo era una motivación muy poderosa, a la que cada vez le costaba más resistirse.

–Estoy pensando en una boda íntima, con solo amigos íntimos y familia cercana –dijo él mientras regresaban al coche–. Tengo un diseñador en mente para tu vestido, pero si tú prefieres usar a alguien en concreto, te ruego que me lo digas.

–Yo no tengo familia –dijo Isla–. Y solo quiero a Layla y a un par de amigas más como damas de honor. ¿Cuándo habías pensado?

–Dentro de dos semanas.

Isla abrió los ojos llena de asombro.

–¿Estás loco? Nadie puede organizar una boda con tan poco tiempo.

Los ojos castaños de Rafe adquirieron un brillo astuto.

–Pues ya lo verás.

Capítulo 7

DESPUÉS de tomar un almuerzo ligero en un café, Rafe condujo los setenta y tantos kilómetros que los separaban de la histórica ciudad costera de Marsala. La hermosa casa de Lucia Bavetta estaba situada no muy lejos de la plaza principal. Una callada ama de llaves llamada Maria les abrió la puerta y los hizo pasar antes de desvanecerse rápidamente como una sombra. Rafe rodeó la cintura de Isla con el brazo y la condujo hacia el lugar en el que la anciana los estaba esperando.

El grandioso salón, con sus antiguos muebles, daba la impresión de formar parte de una cápsula temporal. Isla se sintió completamente fuera de lugar. Había ciertas concesiones a la modernidad, como el hecho de que la anciana estuviera sentada en un sillón anatómico, rodeada de libros, periódicos, una tableta, el mando a distancia de la televisión y un teléfono. Daba la impresión de que se pasaba la mayor parte de su tiempo allí. Tenía un andador a mano y un gato tricolor estaba acurrucado, completamente dormido, en el sofá. Al sentir su presencia, el animal abrió un ojo, lanzó un ronco maullido y se volvió a dormir.

Los ojos oscuros de Lucia observando atentamente el abdomen de Isla antes de que Rafe pudiera realizar las presentaciones.

—Vaya, veo que has traído a tu última amante para que me conozca.

–Isla no es mi amante, *nonna*. Es mi prometida –dijo Rafe con firmeza mientras rodeaba la cintura de Isla con gesto protector.

La anciana levantó la barbilla y la miró con desaprobación.

–¿Y cuándo es la boda? Espero que más pronto que tarde.

–El sábado de dentro de dos semanas –dijo Rafe–. Me gustaría que vinieras.

Lucia gruñó a modo de respuesta y les indicó el sofá.

–Sentaos, pero tened cuidado con Taddeo. Me duele el cuello de mirar hacia arriba.

Cuando estuvieron sentados en el sofá junto al gato, la anciana centró su atención en Isla.

–Mi nieto me ha dicho que eres artista. ¿Eres buena?

–Bueno… No estoy segura de que sea yo la persona más idónea para responder –dijo ella mientras acariciaba delicadamente al gato, que empezó a ronronear sonoramente.

–Es muy buena –dijo Rafe–. Le he pedido que te haga un retrato para tu noventa cumpleaños. Tendrás que sentarte para ella varias veces.

Lucia lanzó un bufido.

–Eso es lo único que hago todo el día, estar sentada. Mis piernas ya no hacen lo que yo quiero que hagan. Me tropiezo aun cuando no hay nada con lo que tropezarse.

–Debe de ser muy frustrante para usted –comentó Isla.

Lucia miró a Taddeo, que se había puesto de costado para que Isla pudiera acariciarle la tripa.

–¿Cuántos días necesitarás que pose?

–Dos o tres para empezar –contestó ella–, pero también puedo hacer fotos para poder trabajar. Sin embargo, me gusta trabajar con la persona a la que le hago el retrato. Cuando observo sus gestos y expresiones, me ayudan a definir su carácter.

La anciana se colocó las manos en el regazo, como si acabara de tomar una decisión.

–¿Cuándo te gustaría empezar?

Isla no quería decirle que ya había empezado. Desde el momento en el que entró en el salón, había estado observando a la anciana, absorbiendo detalles de su personalidad. Lucia Bavetta se presentaba como una mujer crítica y estricta, de la vieja escuela, que no soportaba a los necios, pero, sin embargo, Isla pudo ver retazos de la joven y la niña que había sido antes de que las vicisitudes de la vida la endurecieran de aquel modo.

–Podría hacer algunas fotos con el teléfono hoy y luego organizar una hora para venir a hacer un posado más formal.

–¿Y no tienes una boda que planear?

–Bueno… no va a ser una boda muy grande… –comentó Isla.

–Me estoy ocupando yo –afirmó Rafe–. Además, trabajar en tu retrato será una agradable distracción para Isla, ¿verdad, *cara*?

Isla sonrió débilmente

–Una distracción me vendría bien.

Terminaron quedándose en casa de la abuela más tiempo del que Rafe había esperado, pero Lucia insistió en servirles un refrigerio que Maria, el ama de llaves, había preparado. Sin embargo, dado que tenía una sorpresa para Isla, que se estaba preparando en su casa mientras los dos estaban fuera, Rafe no tenía prisa y disfrutó con el café y los pasteles.

Cuando por fin se despidieron, Rafe condujo a Isla al coche.

–Ha ido muy bien, creo. Le gustas.

–¿De verdad? –le preguntó ella muy sorprendida.

–Te ha gustado el gato y al gato le has gustado tú. En lo que se refiere a mi *nonna*, con esto basta. Adora a ese gato.

Isla sonrió y se sintió mucho más relajada.

–Me gusta tu abuela. Aparenta ser una mujer muy dura, pero tiene un lado sensible que se esfuerza mucho por ocultar.

«¿Un rasgo familiar?». Rafe apartó aquel pensamiento. Él no tenía problema alguno en mostrar su lado más sensible cuando la ocasión lo exigía, pero no iba a permitir en modo alguno que los sentimientos nublaran su buen juicio. Al menos, otra vez.

Le abrió la puerta a Isla y la ayudó a colocarse el cinturón.

–Gracias por ser tan paciente con ella. La reunión podría haber ido muy mal.

Cuando ya estuvieron de camino, Isla se giró para mirarlo.

–¿Se parecía tu madre a tu abuela? En temperamento, me refiero.

En ocasiones, a Rafe le costaba hablar de su madre sin sentir dolor por cómo había resultado ser su vida. Separada de su madre, engañada durante años por un hombre que afirmaba amarla, pero que no fue capaz de abandonar un matrimonio de conveniencia por ella, y terminar después muriendo de cáncer el año después de verse rechazada por el amor de su vida.

–En temperamento no. Ella era muy blanda. Se daba demasiado a otras personas, a mi padre en especial.

–¿Crees que tu padre la amaba?

–Mi padre es incapaz de amar a nadie más que a sí

mismo –replicó él con amargura–. Mi madre quería una vida diferente, pero no tuvo el valor de luchar por ella. Se dejó llevar durante años por las promesas vacías de mi padre, esperando que un día él abandonara a su mujer y formalizara por fin su relación. Ella lo hizo por mí. Como la mayoría de las madres, quería lo mejor para mí, aunque ello significara sacrificarse. Desgraciadamente, no vivió el tiempo suficiente para ver cómo se cumplían sus deseos. Tampoco podrá conocer a su nieto.

Miró a Isla vio que ella se estaba mordiendo los labios, sumida en sus pensamientos. O en sus preocupaciones. ¿Estaba comparando la situación de la madre de Rafe con la suya propia, viendo similitudes que no existían?

Le agarró la mano y se la colocó en el muslo.

–Deja de preocuparte –le aseguró–. Yo no soy como mi padre. Te he hecho una promesa a ti y a nuestro bebé y no pienso romperla.

Isla sonrió ligeramente.

–¿Cómo se llamaba?

–Gabriella.

–Si tenemos una niña, si quieres podríamos llamarla como tu madre.

Rafe la observó. La mirada de Isla era cálida y afectuosa, llena de compasión. Él comprendió de repente que su madre la habría adorado.

–¿No te importaría?

–Por supuesto que no –respondió ella, con una sonrisa que podría iluminar un día nublado–. Es un nombre precioso, aunque podría ser que tuviéramos un chico. Y supongo que no le querrás poner el nombre de tu padre.

–De ninguna manera.

Se produjo un largo silencio entre ellos, roto tan solo por el sonido de los coches que pasaban por la carretera.

–Tu madre tampoco podrá conocer a su nieto –le dijo Rafe.

Isla se miró las manos. No dejaba de tocar el anillo de compromiso.

–No, pero eso probablemente sea bueno. No era una madre concienzuda. Si no se hubiera quedado embarazada de mí, no creo que hubiera tenido hijos.

Rafe no quería ni pensar lo que Isla había tenido que soportar de niña. Se merecía mucho más y él haría todo lo que estuviera en su poder para asegurarse de que lo tenía y que compensaba todo lo que se había perdido. Era una mujer muy fuerte. No era de extrañar que se hubiera sentido atraído por ella desde el momento en el que se conocieron. El pasado de Rafe no era tan difícil como el de ella, pero le había dejado su marca.

–A mí no me cabe ninguna duda de que serás una maravillosa madre a pesar de no haber tenido un buen ejemplo. Además, me tendrás a mí para ayudarte a cada paso.

–Mi padre, en una ocasión, me dijo que mi madre lo había cazado quedándose embarazada deliberadamente –dijo ella, sin expresar sentimiento alguno–. Se casó con ella por deber y por la presión familiar, pero él nunca la amó a ella ni a mí.

Rafe le tomó la mano y se la llevó al pecho, colocándola encima de su corazón. No era de extrañar que se negara a aceptar su proposición.

–Nadie me está presionando para que me case contigo, Isla. Quiero que seas mi esposa y quiero que los dos criemos juntos a nuestro hijo. En lo más profundo de tu ser, creo que tú también lo deseas. Con el tiempo, el amor que tenemos a nuestro hijo fortalecerá el vínculo que hay entre nosotros.

Se produjo otro silencio.

–Siento no haberte dicho antes lo del embarazo –dijo Isla–. Con la perspectiva del tiempo, me parece muy egoísta por mí parte, pero de verdad pensé que estaba haciendo lo correcto, dadas las circunstancias.

Rafe le apretó suavemente la mano y se la llevó a los labios. Entonces, le dio un beso en los nudillos.

–Tienes que aprender a confiar en mí, tesoro. Ahora, tengo una sorpresa para ti. Te estará esperando cuando lleguemos a casa.

A casa. Isla se preguntó si alguna vez consideraría la casa de Rafe como su hogar, en especial con Concetta como perro guardián. Sin embargo, cuando llegaron a la casa, el ama de llaves no parecía estar por ninguna parte.

Rafe tomó la mano de Isla y la condujo a una de las salas de la planta baja que daban al jardín y a la piscina. Abrió la puerta y le indicó a ella que entrara primero. Isla obedeció y contuvo la respiración al ver la colección de materiales de arte, entre los que se encontraba un caballete, una mesa de trabajo y una sábana para cubrir el suelo. Rafe había hecho instalar también un pequeño fregadero para que ella pudiera lavar sus útiles de pintura sin tener que salir.

–¡Rafe, esto es maravilloso! ¿Cómo has podido hacer todo esto? Muchas gracias…

Él sonrió.

–Pensé que era mejor darte el estudio abajo, dado tu embarazo. No quiero que tengas que subir y bajar las escaleras más de lo necesario. Si se me ha olvidado algo o necesitas otros materiales, hazme una lista y te lo traeré.

Isla tomó uno de los pinceles, que eran de la mejor calidad, y deslizó los dedos por las cerdas. Él estaba dando por sentado que estaría allí hasta el final del embarazo y más allá. Quería sentirse enojada con él por empujarla a formalizar su relación, pero, ¿cómo podía sentir otras cosas que no fuera agradecimiento por el modo en el que él estaba manejando la situación? Se dio cuenta de que quería quedarse con él. Estar casada con Rafe y proporcionarle a su hijo un hogar seguro, aunque ello significara que se quedaba corta en lo que más deseaba de todo: ser amada.

–Todo es maravilloso. Yo jamás me podría haber permitido unos pinceles como estos. Me muero de ganas por empezar a pintar el retrato de tu abuela. No sé cómo darte las gracias.

–Un beso será suficiente…

Isla se puso de puntillas y le rodeó el cuello con los brazos. Le acercó los labios y, por un momento, creyó que él no la iba a corresponder. Sin embargo, tras un instante, las bocas se apretaron con fuerza la una contra la otra, presas de una pasión irrefrenable por profundizar el contacto. Entonces, los labios se separaron y las lenguas se entrelazaron. El deseo estalló como si fueran las llamas de un ardiente fuego.

Rafe la rodeó con sus brazos y la estrechó con fuerza contra su cuerpo. La pelvis de Isla se apretó contra la creciente firmeza de la entrepierna de él. Aquel íntimo contacto desató sus sentidos. La necesidad de posesión fue tan rápida, tan repentina y tan abrumadora que se apoderó de ella como si fuera un imparable tsunami.

Él gruñó y la apretó con fuerza contra su erección. La desesperación de sus besos igualaba la de ella. La pasión fue escalando entre ellos.

Rafe le colocó una mano sobre un seno, acariciándoselo a través de la ropa, pero no era suficiente. Isla quería sentir piel contra piel. Ansiaba unas caricias más íntimas.

–Por favor, Rafe, tócame… –susurró presa del deseo.

Él encontró la cremallera en la espalda del vestido y la deslizó hasta que la prenda quedó a los pies de Isla. Ella salió del círculo de tela sin sentir vergüenza alguna por estar en ropa interior con su abultado vientre. Los ojos de Rafe devoraban sus formas y la mano le acariciaba el abdomen como si estuviera adorándola.

–Eres tan hermosa que casi no puedo soportarlo…

–Hazme el amor –dijo ella. En parte era una súplica y en parte una exigencia, pero ya no le importaba lo que pudiera parecer. El deseo se había apoderado de ella con tanta fuerza que resultaba casi doloroso.

–No pienso hacerte el amor en el suelo. Terminaremos esto arriba, en la cama.

De repente, Isla sintió vergüenza. Rafe estaba aún completamente vestido y ella estaba en ropa interior, desesperada y prácticamente suplicándole que le hiciera el amor. Parecía otro recordatorio de lo poco equilibrada que estaba la relación entre ellos. Rafe la deseaba, pero mucho menos de lo que ella lo deseaba a él. Se agachó para recoger el vestido del suelo.

–¿Por qué siempre tienes que hacer lo mismo? –le espetó.

–¿Hacer qué? –preguntó él frunciendo el ceño.

Isla se volvió a poner el vestido y se subió la cremallera todo lo que pudo.

–Recuerdo que, en el pasado, nada te podría haber detenido para que me hicieras el amor, sin importar dónde estuviéramos.

Rafe se acercó a ella y trató de acariciarle el rostro, pero ella le apartó la mano.

–*Cara,* ¿qué te pasa? ¿Por qué pareces tan molesta? Simplemente estoy pensando en ti.

Ella se mordió los labios y se dio la vuelta, enojada

por lo cerca que estaba de echarse a llorar. Eso sería el colmo de la humillación, terminar llorando de nuevo.

–Sé que tú no me deseas tanto como yo te deseo a ti, pero no tienes que restregármelo cada vez que tienes oportunidad.

Rafe se acercó a ella y le colocó las manos sobre los hombros. Entonces, le dio lentamente la vuelta para que pudiera mirarlo a él. Tenía el ceño fruncido.

–¿Acaso crees que no te deseo? ¿Por qué crees que no ha habido nadie desde que te marchaste? Te deseo tanto que me corroe por dentro noche y día. Cada día desde que te marchaste ha sido una tortura para mí.

–¿De verdad?

Rafe dejó de fruncir el ceño y sonrió. Entonces, le colocó las manos a ambos lados del rostro.

–Nadie me excita como tú –susurró antes de besarle delicadamente los labios–, pero me preocupa hacerte daño a ti o al bebé.

–No me harás daño, Rafe –dijo ella rodeándole la cintura con los brazos–. Está bien tener relaciones sexuales durante el embarazo. De hecho, las hormonas ahora me están volviendo loca por ti…

Le había emocionado que él hubiera estado pensando en ella y en el bebé, refrenando su propio deseo por el bien de ella y el del bebé. La avergonzaba haber pensado que él no la deseaba igual que ella lo deseaba a él. El hecho de que no hubiera estado con ninguna otra mujer le hacía sentirse muy especial. La magia que habían compartido había dejado una huella en él que nadie había podido borrar. Isla no tenía palabras para describir lo mucho que aquello significaba para ella.

Rae la besó de nuevo y, entonces, la tomó en brazos.

–¡Eh! ¿Qué estás haciendo? Peso demasiado –protestó Isla.

–Te llevo a la cama. ¿Algo más que objetar?

Isla le rodeó el cuello con los brazos y sonrió.

–En absoluto.

Un instante después, Rafe bajó a Isla hasta que los pies de ella tocaron el suelo del dormitorio, deslizándola por su cuerpo. Cada centímetro de aquel movimiento excitó aún más a Isla. Entonces, él le rodeó la cintura con un brazo y le colocó la otra mano sobre el rostro. Sus ojos eran tan oscuros como un bosque y brillaban de deseo.

–¿Estás segura de esto? –le preguntó, aún preocupado.

–Claro que sí –susurró ella colocándole ambas manos sobre el rostro–. Deseo esto y te deseo a ti. Ahora.

Rafe bajó la cabeza y le cubrió la boca con la suya. El movimiento de los labios fue lento y adictivo al principio, pero la intensidad cambió como un interruptor que hubiera sido pulsado. Las lenguas se entrelazaron con pasión y el deseo se apoderó de ellos como si fuera una flecha de fuego.

Isla le colocó las manos sobre la cinturilla de los pantalones, desesperada por sentir el calor y el poder de su cuerpo, pero Rafe la contuvo y la llevó a la cama. Le volvió a bajar la cremallera del vestido y comenzó a acariciarle la espalda desnuda.

–Tomémonos nuestro tiempo. Quiero saborear cada instante…

–Yo lo deseo ya. Estaba lista hace media hora. Deja de torturarme, maldita sea –replicó ella y comenzó a desabrocharle los botones de la camisa, pero estos no cooperaban con su celeridad.

Rafe le agarró las manos deteniendo sus frenéticos movimientos.

–Ese fue nuestro error en el pasado. Nos precipitamos en una aventura, sin darnos el tiempo suficiente para conocernos primero. Quiero que ahora las cosas sean diferentes. Quiero conocerte en todos los sentidos de la palabra.

Isla se echó a temblar. Recordó el *book* de fotografías picantes. Rafe no tenía por qué saberlo todo sobre ella. Había ciertas cosas que era mejor dejar en las sombras. No podía permitir que ella descubriera esa parte de su pasado y haría todo lo que estuviera en su mano para impedirlo.

–Bésame, Rafe…

–Quiero que lo nuestro funcione. Me refiero a nuestro matrimonio. Y solo podrá funcionar si los dos nos ponemos a ello juntos.

–Yo también quiero que funcione –dijo ella mientras le trazaba el contorno de los labios con un dedo–. Más que nada en el mundo.

–Te aseguro que no lo lamentarás, *cará mia*. Yo me aseguraré de ello.

Bajó los labios y besó los de ella con un beso que reavivó las llamas de la pasión en el cuerpo de Isla. Ella le rodeó el cuello con los brazos y comenzó a mover los labios al ritmo de los de él. Rafe profundizó el beso con un lento y deliberado movimiento de la lengua, provocando a la de ella para que bailaran una danza indiscutiblemente erótica. El deseo humedeció a Isla entre las piernas. Parecía que los huesos de estas se le habían disuelto.

Rafe la colocó en la cama y deslizó la mano por las piernas para quitarle los zapatos. Los dos cayeron uno a uno sobre el suelo, anunciando lo que estaba por ocurrir. Entonces, sin apartar la mirada de ella, se quitó la camisa, los zapatos y los pantalones y los calcetines. Se quedó de pie tan solo con el orgulloso abultamiento de su erección cubierto por los calzoncillos.

–¿Y esos no te los vas a quitar? –le preguntó ella con voz ronca.

–Tú primero.

Isla se sentó en la cama y se bajó un tirante del sujetador y luego el otro con un lento striptease que encendió más la mirada de Rafe. Sin apartar los ojos de los de él, se desabrochó el sujetador y lo dejó a un lado de la cama. La carne desnuda quedó expuesta para que él se diera un festín. A continuación, se bajó las braguitas por los muslos y se las quitó, para lanzarlas a continuación en la misma dirección del sujetador. Su cuerpo quedó expuesto en todo su esplendor a la mirada de Rafe, pero, en vez de sentirse insegura o tímida, Isla se sintió empoderada. El hijo de Rafe estaba creciendo en su vientre, producto de la pasión que ellos habían compartido, una pasión que era tan imparable como los movimientos del sol, e igual de caliente.

Rafe se quitó los calzoncillos y se colocó junto a ella en la cama. Le colocó la mano sobre el vientre y la miró a los ojos.

–Eres tan hermosa… Tan sensual… me dejas sin aliento.

–Te aseguro que no me harás daño a mí ni al bebé, Rafe. Te quiero dentro de mí. Quiero sentirte. Te he echado tanto de menos…

–Yo también te he echado de menos a ti…

Rafe se había inclinado sobre ella y había pronunciado esas palabras junto a sus labios. Isla comenzó a acariciarle la firme erección, moviendo los dedos arriba y abajo del modo que sabía que tanto le gustaba. La agonía y el éxtasis estaban reflejado en sus hermosos rasgos. Ahogó un gruñido y cubrió la boca de Isla con la suya. La unión de las lenguas envió una flecha de deseo al centro de su feminidad.

Rafe pasó de la boca al cuello, tomándose su tiempo

sobre cada delicado centímetro de piel. La lengua fue dejando un rastro de fuego sobre la sensibilizada carne, un deseo tan urgente, tan intenso, que superó por completo el pensamiento racional. Fue bajando por las clavículas y deslizándose hasta los senos. Los sometió a una caricia tan excitante con los labios, tirando suavemente con los dientes. Los pezones se irguieron orgullosos y la sensibilizada carne gozaba con el alivio que proporcionaba la lengua. Después, dejó los senos para deslizársele por el cuerpo, sobre el abultado vientre y siguió bajando hacia el centro de su ser.

Isla le colocó una mano en el hombro.

–Espera. Te quiero dentro de mí. Por favor, Rafe. No me hagas suplicar.

–Yo también te deseo… no sabes cuánto…

Isla comenzó a acariciarle de nuevo.

–Creo que sí lo sé…

Tocarlo la excitó a ella aún más. Cada caricia que le proporcionaba se hacía eco en su propio cuerpo en un ritmo erótico tan antiguo como el tiempo.

Rafe lanzó un sonido gutural de placer y se colocó entre las piernas de Isla, ajustando su posición para asegurarse de que ella no soportaba mucho peso.

–Dime si voy demasiado rápido, o demasiado profundo o… *Oh, Dio…*

Las palabras de Rafe se vieron interrumpidas por otro gemido gutural cuando ella levantó la pelvis para acogerle dentro de su cuerpo. Rafe se hundió en ella con un único y suave movimiento que provocó en ella una espiral de gozo. Su cuerpo lo acogió y lo envolvió tan apretadamente como si se tratara de un puño.

No iba a permitir que aminorara el ritmo. Se arqueó para recibir todos y cada uno de sus movimientos, agarrándolo por el trasero para sujetarle precisamente donde más lo necesitaba. La necesidad del orgasmo vibraba por toda su piel, una necesidad tan urgente, tan intensa, que se sobrepuso a todo pensamiento racional. Se sentía casi al final, tan cerca, tan desesperadamente cerca, que tenía la respiración entrecortada y su cuerpo ansiaba la fricción final que necesitaba. Tan cerca. Tan, tan cerca. En ese momento, Rafe deslizó una mano entre sus cuerpos y acarició el centro de su ser, henchido por el placer. Por fin, Isla voló hacia la estratosfera. Potentes oleadas de placer se apoderaron de ella, dejándola flotando en una piscina de sensaciones que vaciaron por completo su mente de todo menos de una absoluta sensación de gozo.

A los pocos instantes de su orgasmo, Rafe la siguió con el suyo propio. Isla lo abrazó con fuerza a través de cada temblor de su cuerpo, gozando al saber que ella había evocado un placer tan profundo en él. Eso era precisamente lo que había marcado su relación desde que comenzó. Hacer el amor con Rafe era una experiencia totalmente satisfactoria que parecía mejorar y mejorar cuanto más estaban juntos.

Rafe se apoyó sobre un codo mientras con la otra mano le acariciaba suavemente la curva de la cadera.

—Durante los tres últimos meses, he estado preguntándome si me había imaginado lo bien que estábamos juntos.

Isla deslizó los dedos delicadamente por su torso.

—Me alegro de que no haya habido nadie más.

Él le atrapó la mano y se la llevó a los labios. Los ojos le brillaban con una erótica promesa.

—Yo también.

Capítulo 8

APROXIMADAMENTE una hora más tarde, Isla se despertó de un profundo sueño. Se encontró sola en la cama. Decidió no sentirse decepcionada porque Rafe no se hubiera quedado con ella. Era un hombre muy ocupado, con un imperio empresarial del que ocuparse. Isla no podía esperar que pusiera su carrera en pausa durante días o meses por ella. Además, cuando estuvieran casados, tendrían que establecer una especie de rutina para vivir juntos armoniosamente. Las razones de Rafe para casarse con ella podrían no estar en consonancia con una fantasía romántica, pero, ¿desde cuándo se había sentido ella atraída por los cuentos de hadas? Ninguna de las etapas de su vida había tenido nada que ver con los cuentos. La vida para ella había sido una larga lucha de supervivencia.

Se colocó la mano en el vientre y sintió los pequeños movimientos del bebé dentro de su cuerpo. Al menos él no tendría que enfrentare a las mismas dificultades. Su hijo o hija estaría protegido contra todas las necesidades y jamás le faltaría sustento. Y estaría rodeado del amor de su madre y de su padre. Fuera lo que fuera lo que ocurriera entre ellos, Isla sabía que Rafe siempre haría lo correcto por su hijo. Siempre.

Se dio una ducha y se recogió el cabello aún húmedo en lo alto de la cabeza. Decidió no maquillarse porque Rafe no había mencionado que fueran a salir y la única persona con la que se podría encontrar aparte de él sería Concetta. Sabía que no podría agradar en modo alguno al ama de llaves a menos que recogiera sus cosas y se marchara.

Bajó al estudio que Rafe le había preparado. Se sentó a la mesa y comenzó a realizar algunos bocetos preliminares de la abuela de Rafe utilizando las fotos que tenía en el teléfono móvil. No se dio cuenta de todo el tiempo que estuvo allí hasta que la parte inferior de la espalda comenzó a dolerle. Se levantó de la mesa y se colocó las dos manos en la base de la columna y se estiró hacia atrás.

Justo en aquel momento, la puerta se abrió. Apareció Concetta con una bandeja en la que llevaba una taza de té y un trozo de pastel.

—El *signor* me ha dicho que le traiga esto –dijo con dureza y resentimiento.

—Gracias, Concetta. Es muy amable de su parte –comentó Isla mientras despejaba un poco la mesa de trabajo y le dedicaba una sonrisa–. ¿Has hecho tú misma el pastel?

—Por supuesto –replicó Concetta mientras dejaba la bandeja sobre la mesa–. Aquí todo es casero.

—Para algunas personas, la comida casera es un lujo o, al menos, lo era para mí en mi infancia –comentó, sin saber por qué había revelado aquella información ni por qué se sintió animada a seguir hablando–. Algunas veces, no había nada.

Tras escuchar aquellas palabras, la rígida postura del ama de llaves se relajó un poco. Miró los dibujos de Isla.

—Veo que ha conocido a la abuela del *signor.*

—Sí, me cae muy bien.

Concetta tomó uno de los dibujos y lo examinó durante un momento. Una expresión se reflejó en sus curtidos rasgos. Una sombra, como si un doloroso recuerdo hubiera cobrado vida. Volvió a dejar el dibujo sobre la mesa y miró a Isla.

–Si le doy una fotografía de alguien, ¿puede dibujar un retrato para mí?

–Por supuesto, pero sería mucho mejor que la persona pudiera posar para mí una hora o…

–No es posible –la interrumpió el ama de llaves con voz gélida.

–Está bien –dijo Isla tras parpadear de asombro–. En ese caso, tendrá que bastar con una fotografía.

Concetta apretó los labios, como si estuviera pensando qué palabra utilizar.

–*Grazie, signorina.* Se la traeré mañana.

Con eso, se dio la vuelta y se marchó.

Isla suspiró y tomó un sorbo del té. Era aún demasiado pronto para saber si el ama de llaves se estaba suavizando hacia ella, pero no para tener esperanzas de que así fuera.

Rafe había estado peleando consigo mismo para darle a Isla su propio espacio en el estudio. Había tenido que separarse de ella antes de que sintiera la tentación de pasar el resto del día en la cama con ella. Sin embargo, su propio trabajo había perdido su atractivo y lo único que quería era estar con ella, conocerla mejor y descubrir las intrigantes facetas de su personalidad. Para un hombre obsesionado por el trabajo, aquel cambio de motivación resultaba tan sorprendente como desconcertante. Se dio cuenta de que, por primera vez en años, se sentía feliz. Se dio cuenta de que estaba empezando a relajarse. Incluso podía notar que tenía menos tensión en el cuello y en los hombros.

La encontró trabajando en su estudio. Isla estaba realizando un boceto. La velocidad con la que movía el lápiz sobre el papel nunca dejaba de impresionarlo. Ella levantó la mirada al notar su presencia y sonrió. ¿Se cansaría él alguna vez de su sonrisa? Tenía el rostro libre de maquillaje y el cabello medio recogido en lo alto de la cabeza. Llevaba unos leggins grises y una enorme camiseta blanca que le ceñía las curvas en los lugares justos. La entrepierna se le tensó al recordar sus caricias. Solo tenía que estar en la misma habitación que Isla para sentir una tormenta en la piel.

–Parece que estás trabajando duro –dijo. Cuando se acercó esperando encontrar un dibujo de su abuela, se sorprendió al ver que lo estaba dibujando a él.

Lo había retratado dormido, cubierto hasta la cintura con una sábana que se ceñía al contorno de su cuerpo como si se tratara de una estatua. Nunca se había visto dormido antes y le resultaba extraño que ella lo hubiera capturado en ese periodo de vulnerabilidad.

–Hay un gran parecido…

–Solo es un boceto y lo he hecho de memoria –repuso ella tras taparlo rápidamente con otro papel.

Rafe se colocó detrás de ella y le besó ligeramente el cuello.

–La semana que viene tengo que asistir a una cena benéfica en París. He sido invitado para presidir una de mis organizaciones benéficas favoritas, que se ocupa de los niños. Es un honor para mí y me gustaría que me acompañaras. Será el modo perfecto de presentarte en público como mi futura esposa.

–Yo… yo pensaba que nos íbamos a quedar aquí hasta la boda…

Rafe hizo girar la silla para que Isla pudiera mirarlo. Vio que ella estaba preocupada, inquieta.

–Has asistido antes conmigo a eventos públicos. ¿Qué problema hay con que lo hagas también ahora, en especial dado que llevas mi anillo de compromiso?

Ella se miró el anillo y luego volvió a observarlo a él.

–Antes, nadie sabía quién era yo. Una más de tus amantes. No estoy segura de que pueda soportar la atención de la prensa…

–Yo estaré a tu lado –le prometió él–. Haré todo lo posible por protegerte, pero eso ya lo sabes…

Isla se levantó de la silla y se colocó detrás de la mesa, como si necesitara una barrera de protección.

–¿Por qué no vas solo? Yo me puedo quedar aquí y trabajar en el retrato de tu abuela además de descansar.

Rafe se preguntó qué era lo que le estaba provocando una reacción tan negativa sobre un viaje al extranjero.

–¿Acaso no es París uno de tus lugares favoritos de todo el mundo? ¿Por qué, de repente, no quieres ir allí conmigo?

Isla contuvo el aliento y cerró los ojos. Entonces, los abrió y lo miró de nuevo. Sus mejillas se habían sonrojado vivamente.

–Rafe… hay algo que tengo que decirte… Esperaba no tener que hacerlo nunca, pero…

–¿Qué ocurre? –le preguntó él aterrorizado. Pensó una serie de posibilidades impensables antes. ¿Había otro hombre? ¿Estaba ya casada? De repente, sentía tal presión en el pecho que le resultaba imposible respirar.

–Hace mucho tiempo… cometí un terrible error de juicio. Estaba desesperada y sin trabajo y accedí trabajar en… en… en un club de caballeros –añadió tragando saliva.

Rafe se quedó atónito. Había muchas clases de clubes para caballeros. Algunos eran muy exclusivos y otros sórdidos. ¿Había abusado alguien de ella? ¿Le habían hecho daño? ¿La habrían acosado sexualmente o algo peor? Pensar que alguien podría haber estado tocándola inapropiadamente le enfureció totalmente.

–*Cara,* si alguien te hizo daño o te amenazó de alguna manera, tenemos cauces para denunciar, te puedo ayudar a buscar justicia y…

Isla bajó la cabeza y suspiró.

–Era camarera… y trabajaba en ropa interior, Rafe. Servía a los clientes medio desnuda…

Rafe se acercó a ella y le tomó las manos entre las suyas. Comenzó a acariciarle el reverso con los pulgares.

–Mírame, Isla. Es pasado. Mucha gente odia su primer trabajo. No todo el mundo tiene el lujo de elegir un trabajo que queda bien en el currículo.

–No lo comprendes… –musitó ella–. Estoy hablando de un *book* de fotografías, algunas de ellas en *topless*. No sé por qué accedí a ello. Era muy ingenua y tenía miedo de que me echaran si no accedía a hacer lo que me pidiera el jefe. Iba retrasada en el pago de mi alquiler y no había comido desde hacía tres días. Estaba tan preocupaba que simplemente hice lo que me pidió. Lo he lamentado desde entonces.

Rafe no solía recurrir a la violencia, pero, en aquellos momentos, quiso encontrar a aquel hombre y golpearle el rostro de manera que ni siquiera el mejor cirujano plástico del mundo pudiera hacer nada al respecto. Quería encontrar aquellas fotos y hacerlas mil pedazos para luego obligar a aquel tipejo a tragárselos. Quería justicia. Quería que Isla se sintiera segura y protegerla para que nunca más tuviera que preocuparse por nada. Le recordó al escándalo de su padre y al impacto que tuvo en él cuando solo era un adolescente. La vergüenza que le acompañó durante meses. Necesitó mucha fuerza de voluntad para lograr dejarlo atrás.

Estrechó a Isla contra su pecho y le acarició la cabeza.

–Siento asco por ese hombre por haberte explotado.

Asco y tristeza. Sin embargo, no voy a permitir que te hundas por los asquerosos actos de un cretino repugnante –afirmó. Entonces, la separó de nuevo de su cuerpo para mirarla a los ojos–. ¿Dónde están esas fotos ahora? ¿Las tiene él aún? ¿Te ha chantajeado o amenazado de alguna manera?

–No, nada evidente, pero me lo sugirió cuando me marché del trabajo porque se me insinuó. Estoy segura de que no se ha deshecho de ellas. Y, si las cuelga en Internet, no desaparecerán nunca.

–Yo lo solucionaré. No te preocupes.

–No puedes hacerlo, Rafe –susurró ella con los ojos llenos de lágrimas–. Ni puedes arreglarme a mí. Soy un problema para ti. Tengo una diana en la espalda y, en cuando anuncies que te vas a casar conmigo, sé lo que ocurrirá. Esas fotos aparecerán por todas partes, y te humillarán y avergonzarán a ti además de a mí.

–¿Por eso me dejaste de ese modo hace tres meses? ¿Por esto?

–Cuando sospeché que estaba embarazada, sentí pánico. Tú estabas negociando ese contrato tan importante en Nueva York. Sabía lo mucho que te importaba y no quería ser responsable de que pudiera fracasar. Me habías hablado un poco de Bruno Romano y lo conservador que era. Pensé que sería mejor que yo desapareciera de tu vida. Más fácil. Sin embargo, nos volvimos a encontrar en ese hotel de Edimburgo y aquí estamos.

Rafe se mesó el cabello con mano temblorosa. Estaba experimentando sentimientos a los que no era capaz de poner nombre. No sabía si estar enfadado consigo mismo o triste por ella, dado que había sentido que era mejor guardarse el secreto de su embarazo. Había confiado muy poco en él. Tan centrado estaba en su carrera que Isla había sentido que era imposible contarle lo que ocurría.

Sentía que, en cierto modo, él la había obligado a huir.

Se acercó a ella y la estrechó entre sus brazos, tranquilizándola y reconfortándola mientras trataba de poner en orden sus sentimientos. Si no la hubiera encontrado en Edimburgo, tal vez nunca habría sabido que estaba a punto de ser padre. No había sabido nada de su hijo, ni su hijo de él. Resultaba doloroso aceptar que, al menos en parte, si no por completo, era responsable de que ella hubiera decidido guardar silencio. Él había puesto las reglas de su relación. Había insistido en que fuera una relación corta. No le había hecho promesas sobre un futuro con él. A pesar de la intimidad física, había mantenido las distancias emocionales. Había acordonado sus sentimientos porque no quería darle a nadie el poder de hacerle daño y, sin embargo, había terminado haciéndole daño a ella y a sí mismo. Y, al final, también habría sufrido su hijo, que era lo que más le preocupaba.

—No sé cómo compensarte. Me duele pensar que sentiste que no tenías más opción que marcharte tal y como lo hiciste, pero podemos dejar todo esto atrás ahora. Tenemos que hacerlo y seguir hacia delante.

Isla le dedicó una débil sonrisa, teñida también de tristeza.

—Estás siendo muy generoso sobre este asunto. Sin embargo, si te lo hubiera dicho en ese momento, ¿crees que habrías sido tan comprensivo?

Rafe no supo qué contestar. Le gustaría pensar que habría sido generoso y que hubiera aceptado la situación, pero, ¿cómo podía estar tan seguro? La culpabilidad se adueñó de él como una sombra acusadora, cuestionando todo lo que había creído sobre sí mismo.

—No estoy seguro —admitió—. Pero lo que sí sé con toda seguridad es que jamás le habría dado la espalda a la carne de mi carne.

–Cuando hubieras establecido que era carne de tu carne, algo que aún no has insistido en hacer. ¿Por qué?

Rafe dio un paso atrás.

–¿Es eso lo que quieres que haga? ¿Que insista en tener pruebas escritas?

–Pensaba que la mayoría de los hombres insistiría en saberlo de un modo u otro, dado que solo estábamos teniendo una aventura.

–Me gusta pensar que yo no soy como la mayoría de los hombres –protestó Rafe–. Insistí en que nuestra relación fuera exclusiva y no tenía razón para creer que hubieras traicionado mi confianza. Aún no tengo razón alguna para creerlo.

Los labios de Isla comenzaron a temblar ligeramente y los ojos se le llenaron de lágrimas.

–Gracias…

Rafe extendió sus manos.

–Ven aquí –dijo.

Ella dio un paso al frente y colocó las manos en las de él. Rafe tiró de ellas y la estrechó contra su cuerpo, colocando la barbilla en lo alto de su cabeza. Aspiró el aroma floral que emanaba de ella y se preguntó si alguna vez pasaría al lado de un jazmín sin pensar en ella. Tenía que conseguir que la relación de ambos funcionara. Tenía que compensarla por sus errores. No podía garantizar que la prensa no se diera un festín si esas fotos veían la luz, pero haría todo lo que estuviera en su mano para impedirlo. Todo.

Capítulo 9

UNOS días más tarde, Isla seguía tratando de asimilar el hecho de que Rafe ya sabía su escandaloso secreto. Se había visto obligada a contárselo cuando él mencionó la cena benéfica en París. Se había imaginado que era mejor para él estar preparado. Había corrido un gran riesgo al contárselo, pero él había reaccionado maravillosamente. Además, desde que ella le había contado su secreto, Rafe se había mostrado particularmente tierno y atento hacia ella.

No obstante, a medida que se acercaba la fecha de la boda, resultaba aún difícil para Isla estar totalmente segura de que estaba haciendo lo correcto al casarse con él. Aunque ya tenía el vestido de novia, firmado por un exclusivo modisto italiano, las dudas no la abandonaban. «No te ama». Le era imposible olvidarse de ello. Podría ponerse el vestido de novia más hermoso, tener la ceremonia más maravillosa, una luna de miel espectacular y, sin embargo, sentía que en realidad no tenía nada.

Tan solo un matrimonio fundado por el deber y no por el amor. Un matrimonio entre dos personas que jamás podrían ser iguales.

Fue a la cocina a buscar un refresco y allí se encontró a Concetta, que estaba preparando la cena. El ama de llaves había mantenido las distancias desde la conversación que tuvieron en el estudio e Isla no dejaba de preguntarse si habría cambiado de opinión sobre el retrato que quería que le hiciera.

–¿Te puedo ayudar con algo? –le preguntó para relajar el ambiente–. No soy buena cocinera, pero puedo poner la mesa o preparar las flores.

Concetta se secó las manos en el delantal con expresión reservada.

–*Signor* Angeliri me paga para cocinar. No necesito ayuda para hacer mi trabajo.

Isla se sentó en uno de los taburetes que había en torno a la isla. Estaba decidida a no verse acobardada por la actitud del ama de llaves.

–¿No dijiste que me ibas a dar una fotografía para trabajar? ¿O acaso has cambiado de opinión?

Concetta tomó una zanahoria y comenzó a pelarla con rápidos movimientos.

–Primero tiene que ocuparse de la boda. Puede esperar –añadió tras tomar otra zanahoria.

–¿De quién es la foto?

Las manos del ama de llaves se detuvieron un instante.

–De mi hija –susurró.

–Vaya, ¡qué bien! ¿Cómo se llama?

Concetta parpadeó un par de veces y tragó saliva.

–Su nombre era Marietta.

¿Era? Isla se alarmó al escuchar el uso de la forma verbal. ¿Se habría equivocado Concetta o significaba aquello que su hija ya no estaba viva?

–Siento que parezca que me entrometo, pero, ¿has querido decir que…?

–Está muerta.

–Oh, Concetta… Lo siento mucho. Tan solo puedo imaginar el dolor que has sufrido… que seguirás sufriendo…

Concetta se secó la frente con el antebrazo y siguió preparando las verduras.

–Fue hace mucho tiempo, pero el dolor no desaparece nunca…

–¿Cuántos años tenía Marietta cuando…?

–Cuatro. Ni siquiera había empezado el colegio –dijo. El labio inferior le temblaba. Apretó la boca para controlarse–. Contrajo una enfermedad. No estoy segura de cómo se dice en su idioma… Mena… Meni…

–¿Meningitis?

–Sí. Mi esposo empezó a beber después de que la perdiéramos. Lo cambió para siempre. No podíamos tener otros hijos… yo tuve una hister… como se diga, después de su nacimiento.

–¿Una histerectomía?

–Sí –respondió ella–. Mi futuro murió con ella. No la veré nunca casada, ni tendré jamás en brazos a mis nietos… El dolor de perder a un hijo no se acaba nunca.

Isla contuvo sus lágrimas y extendió la mano hacia Concetta para apretarle delicadamente la de ella.

–Lo siento tanto…

Concetta miró las manos de ambas unidas y, después de una breve pausa, colocó la que le quedaba libre encima de la de Isla.

–*Grazie.*

Sonrió y fue al otro lado de la cocina, donde tenía su bolso. Abrió el monedero y sacó una pequeña fotografía. Volvió junto a Isla y se la entregó.

Isla contempló la imagen de una niña sonriente de cabello oscuro y sintió un profundo dolor en el corazón. La pequeña llevaba puesto un bonito vestido rosa y llevaba en el cabello un lazo a juego.

–Es preciosa, Concetta. Absolutamente preciosa. ¿Tienes una copia de esta fotografía? No quiero quitarte la única que tienes.

–He hecho muchas copias. De las que tengo de Marietta, es mi favorita. Estaba muy contenta porque iba a una fiesta de cumpleaños –comentó Concetta con tristeza–. La amiga a cuya fiesta fue está ahora casada y tiene hijos propios –añadió con un suspiro–. Sin embargo, yo solo tengo recuerdos.

–Me encantará hacerte el retrato. Será un honor para mí.

–Puede esperar hasta después de la boda. Una novia tiene muchas cosas de las que ocuparse.

Isla bajó la cabeza un instante.

–Sí, bueno. Rafe se está ocupando de la mayor parte de la organización. Yo solo tengo que presentarme el día de la boda.

–No debe casarse con él si no lo ama.

Isla miró al ama de llaves, que tenía el ceño fruncido.

–Ese es el problema. Yo sí lo amo, pero él no me ama a mí, al menos no de la manera que se esperaría que un hombre a la mujer con la que está a punto de casarse.

Fue un alivio admitir lo que sentía, pero Isla no estaba segura de haber elegido a la persona adecuada para confesarlo.

Tal vez había amado a Rafe poco a poco, o tal vez lo había hecho desde el primer día, tal y como le había sugerido su amiga Layla. Por fin había reconocido lo que sentía, estaba segura de que el sentimiento había estado allí desde el principio. En cuanto lo conoció, sintió un terremoto en su cuerpo. Se había mentido, haciéndose creer que solo sentía una atracción sexual hacia él, pero Rafe era exactamente la clase de hombre con la que siempre había soñado: fuerte, autosuficiente, trabajador, honorable… Sabía que él era capaz de amar muy profundamente, pero no estaba segura de que fuera capaz de amarla a ella. Rafe había ido desmantelando las piezas que Isla había construido alrededor de su corazón una a una con sus sonrisas, sus caricias, sus besos, la aceptación de su pasado y de la vergüenza que le rodeaba.

—El amor puede crecer con el tiempo. No lo subestime. Él no es como su padre. Es un buen hombre.

Isla sonrió.

—Lo sé. Un hombre maravilloso que tiene muchas cualidades increíbles.

«Pero no me ama».

¿Cuánto tiempo podría vivir con la esperanza de que, algún día, él pudiera amarla?

Aquella noche, Rafe e Isla cenaron en la terraza. La noche era perfecta para cenar al aire libre y Concetta aceptó la ayuda de Isla para poner la mesa, con una vela aromatizada y unas flores del jardín.

Rafe tomó su copa de agua, dado que había decidido no beber alcohol durante el resto del embarazo de Isla, un gesto que a ella le pareció conmovedor.

—Esta noche pareces preocupada, *cara*. Y no has comido mucho. ¿Es que no te sientes bien?

Isla dejó el tenedor que había estado utilizando para remover la comida por el plato.

—Estaba pensando en Concetta.

—¿Se ha mostrado difícil contigo otra vez? Si es así, hablaré con ella. Sé que es un poco picajosa, pero no ha tenido una vida fácil.

—Lo sé. Hoy me ha contado lo de su hija. Marietta —dijo Isla. Los ojos se le llenaron de lágrimas con tan solo mencionar el nombre de la niña—. Me ha dado una foto de ella para que pueda hacerle un retrato. ¿Sabías lo de Marietta? Ojalá me lo hubieras dicho antes. Habría hecho más esfuerzo con Concetta. La pérdida de un hijo es la peor experiencia posible.

—Sí, tal vez debería habértelo dicho, pero ella es una

persona muy reservada y no le gusta hablar al respecto.
En realidad, me sorprende que te lo haya dicho a ti.

–Sí, bueno. No empezamos de la mejor manera posible, pero probablemente fue culpa mía más que de ella. Supongo que no me esforcé mucho con ella porque sabía que solo iba a ser algo temporal en tu vida.

–Pero ahora no es así –dijo él acariciándole suavemente el anillo de compromiso.

La mirada de Rafe era cálida, tranquilizadora, pero no lo suficiente como para acallar sus dudas.

Isla volvió la mano y comenzó a deslizar suavemente los dedos por la palma de la mano de Rafe.

–Esta cena benéfica de la semana que viene… ¿No te preocupa el efecto que tendrá sobre las personas más cercanas a ti si estas fotografías salen a la luz?

–No hay muchas personas particularmente cercanas a mí, así que no importa lo que piense la gente.

–¿Y tu abuela? ¿No estás muy unido a ella?

Rafe le soltó la mano y se reclinó sobre la silla.

–Tienes que recordar que no la conocí hasta que no fui un adolescente. *Nonna* se negó a tener nada que ver con mi madre porque ella era la amante de un hombre casado. Su estilo de vida chocaba con el de mi abuela y sus estrictas creencias religiosas. Cuando mi padre dejó a mi madre, *nonna* siguió negándose a tener contacto con ella.

–Me parece que la testarudez es un rasgo genético en tu familia.

–Eso y el orgullo –comentó tras beber un trago de agua–. Mi madre descubrió que tenía cáncer unos meses después de que mi padre la abandonara. No se lo dijo a nadie y se negó a recibir el tratamiento que podría haberla salvado. Creo que se rindió porque se sentía rechazada y avergonzada de lo que era su vida. Y porque era demasiado orgullosa como para suplicar que volvieran a acogerla en la familia.

–¡Es horrible! Y terrible para ti, Rafe... Debiste de sentirte muy solo cuando murió.

–En ese momento, tomé la decisión de abrirme camino solo en la vida y no depender de nadie.

–¿Es esa la razón por la que solo has tenido relaciones muy breves?

–Bueno, al principio me funcionó bien, pero ahora estoy listo para sentar la cabeza.

–Pero solo porque estoy embarazada, no porque te hayas enamorado locamente –dijo ella sin poder contenerse.

Rafe la miró con una intensidad que le resultó francamente incómoda. Era como si pudiera leerle el pensamiento y averiguar los sentimientos que tenía hacia ella, a pesar de que Isla trataba desesperadamente de ocultarlos.

–Isla, ¿cuántas revistas has visto en las que aparecen bodas de personas famosas? Todas las parejas reclaman estar locamente enamoradas, pero la mitad, si no la mayoría, terminan en divorcio. ¿Qué ocurre con el amor eterno del que estaban siempre presumiendo? ¿Murió o es que simplemente no estaba presente en primer lugar? Siento inclinación a creer lo último.

–Entonces... ¿no crees que exista el amor romántico? ¿El amor que dura para siempre? ¿Para nadie?

–Tal vez para algunos afortunados, pero normalmente encontrarás que un miembro de la pareja ama más que el otro y ahí está el problema. Sufrimiento garantizado.

–¿Como tu madre?

Rafe asintió.

–Ella lo dejó todo por mi padre, pero él la mantuvo a su merced durante años y, de repente, cortó la cuerda que los unía. Mi madre podría haber tenido una vida muy diferente, más satisfactoria y plena.

Isla comprendía perfectamente por qué era tan cínico sobre el amor, pero eso no le impedía esperar que podría cambiar de opinión algún día y experimentarlo con ella. ¿Era demasiado pedir que se enamorara de ella, la mujer con la que se iba a casar dos semanas más tarde, la madre de su hijo?

—Al menos, ella te tenía a ti. Debiste darle mucha alegría y ella estaría muy orgullosa de ti.

Rafe sonrió y asintió.

—¿Por qué no subes y te preparas para la cama? Concetta recogerá todo esto cuando venga a primera hora de la mañana.

Isla se levantó y comenzó a recoger los platos.

—Puedo hacerlo ahora. No me llevará mucho tiempo.

—Preferiría que guardaras tus energías para lo que tengo planeado para ti…

Isla tembló de anticipación. Tal vez Rafe no la amara, pero el deseo que sentía hacia ella era inconfundible. Un deseo que había estado presente desde el principio, desde el primer momento que se cruzaron sus miradas. Le daba a Isla la esperanza de que el deseo se convertiría en amor, un amor que desafiara las estadísticas, que floreciera y criara raíces profundas y firmes en su futuro como familia.

Capítulo 10

UNOS minutos más tarde, Isla se puso de espaldas a Rafe en el dormitorio para que él pudiera desabrocharle el vestido. Él le bajó la cremallera muy lentamente, plantando un suave beso en cada vértebra de su espina dorsal. Isla tembló de placer. El deseo que sentía por él ya le había acelerado el pulso al máximo. El vestido cayó de los hombros y a continuación de las caderas, para terminar cayendo a sus pies. Rafe le desabrochó el sujetador e hizo que se diera la vuelta. Se dio un festín admirando sus rotundas curvas.

–Tu cuerpo cada vez es más hermoso. No tenía ni idea de que el embarazo podría ser tan sexy –susurró mientras levantaba las manos para cubrirle los senos, acariciándoselos con exquisita habilidad.

A Isla le temblaban las piernas. Se sentía ebria con sus caricias y mareada de deseo. Le dedicó una triste sonrisa.

–Tal vez no te resulte tan sexy dentro de unas pocas semanas.

Rafe le tomó el rostro entre las manos y le dio un beso en los labios.

–Tú siempre serás sexy para mí. Nunca he tenido una amante más excitante. Despiertas en mí deseos que ni siquiera sabía que tuviera.

–Pues te diré un secreto.

–¿Otro más? –le preguntó él mientras dejaba caer las manos hasta las caderas.

Isla sonrió y le rodeó el cuello con los brazos.

–No es esa clase de secreto. Nunca había sido capaz de tener un orgasmo con un hombre antes. Solo contigo.

–¿De verdad? ¿Y por qué no me lo habías dicho antes?

Isla se encogió de hombros y comenzó a desabrocharle los botones de la camisa.

–Supongo que estaba avergonzada.

–Pues no tienes necesidad alguna de estarlo, *cara*. Conmigo no.

Isla sonrió.

–Pensaba que era una inútil en el sexo, pero ahora me doy cuenta de que no tenía la química adecuada con los otros.

–¿Cuántos? –le preguntó él con expresión sombría, como si le asqueara pensar que ella había estado con otros hombres.

Isla levantó las cejas.

–Espero que no vayas a tener un rasero diferente conmigo. Has tenido muchas amantes. ¿Por qué no iba a haberlos tenido yo?

En realidad, no se podía decir que Isla hubiera tenido muchos amantes. La cifra no superaba los dos dígitos.

–Tienes razón. No tengo ningún derecho a estar celoso.

–¿Y lo estás? –le preguntó ella con una sonrisa–. ¿Lo estás admitiendo?

Rafe se sonrojó ligeramente.

–No me gusta pensar que otros hombres te hayan tocado como te toco yo –admitió. Su voz era un profundo gruñido que la hizo temblar por dentro.

Ella le dio un beso en los labios y sonrió.

–Pues deja de preocuparte. Solo he tenido otros dos amantes y ninguno de ellos era tan maravilloso como tú.

Rafe volvió a colocarle las manos en las caderas y tiró de ella para acercarla a su cuerpo. La columna de su erección provocó una oleada de deseo por todo el cuerpo de Isla.

–¿Qué les pasaba a esos hombres que no te satisfacían? Eres la amante más activa que he tenido nunca.

Isla le dio un beso en los labios.

–No eran tú… Eso era lo que les pasaba.

Rafe le devolvió el beso con un profundo gruñido. Le deslizó la lengua entre los labios para enredarla con la de ella en un sensual duelo que le provocó a Isla fuegos artificiales por todo el cuerpo. Ella sintió la excitación sexual de Rafe y sintió que lo más íntimo de su ser se tensaba de expectación.

Siguió desabrochándole los botones de la camisa, depositándole un beso en cada parte del torso que dejaba al descubierto. Cuando terminó, se la quitó de los hombros y se puso manos a la obra con los pantalones. Los ojos de Rafe se oscurecieron de deseo y él contuvo el aliento cuando Isla comenzó a deslizarle los dedos por la firme columna de su excitación. Ella se puso de rodillas ante él y, la dejó al descubierto para poder torturarla con labios y lengua. Rafe hundió los dedos en el cabello de ella, como si pensara que las piernas no le iban a sostener. Los gemidos y la pesada respiración eran una delicia para Isla, que la animaba a continuar su exploración, disfrutando el poder que le daba ver a Rafe reducido al mismo nivel de anhelo que al que él le había llevado a ella. Aquel era el equilibrio de poder que ella ansiaba: saber que él la deseaba tanto como seguir respirando.

De repente, él la apartó de su lado con un gruñido de desesperación.

–Detente. No puedo soportarlo más. Quiero estar dentro de ti.

Aquellas palabras provocaron en Isla un temblor por todo el cuerpo. Se puso de pie y lo condujo a la cama. Se quitó las braguitas y Rafe se despojó de los pantalones y de los zapatos, quitándose calzoncillos y calcetines cuando estuvo en la cama junto a ella.

Besó inmediatamente uno de los senos de Isla, acariciándoselo, lamiéndolo hasta convertir los pezones en tensas y anhelantes prominencias. Se deslizó por su cuerpo, dejando un rastro de pasión y deseo sobre su carne hasta que consiguió que Isla se retorciera y gimiera en voz alta para que él se acercara y le diera por fin lo que tanto deseaba.

–Quiero saborearte –dijo él con la voz ronca por el deseo mientras se inclinaba sobre ella para reclamar su premio.

Isla le agarró el cabello.

–No. Te quiero dentro de mí. Ahora mismo.

Rafe le dedicó una pícara sonrisa.

–Pídelo por favor.

–Por favor, Rafe. Hazme el amor. Por favor, por favor, por favor.

–Será un placer.

Se colocó encima de ella, enredando las piernas con las de Isla. Rafe se hundió en ella con un gruñido gutural y, entonces, los movimientos comenzaron a ser rápidos, febriles y frenéticos. Ella gozaba con el ritmo que él imponía, acompañándolo y dándole la bienvenida con un gemido de placer. Le agarraba el tenso trasero para sujetarlo contra ella, desesperada por alcanzar la liberación a medida que las sensaciones le recorrían el cuerpo en oleadas calientes y vibrantes.

Con un ligero roce de dedos sobre el centro de su feminidad, Rafe consiguió que ella despegara. Su cuerpo se dejó llevar por un orgasmo poderoso. A los pocos instantes, él la acompañó con un profundo gemido de liberación, de desesperación. Su cuerpo temblaba con las oleadas de placer que se iban abriendo paso a través de su cuerpo.

Isla lo sujetó con fuerza, acariciándole la espalda y los hombros, gozando al ver que él tenía la piel de gallina. Ella era la causa de aquella reacción. Lo había desatado con sus caricias, con su cuerpo. Con su amor.

¿Cómo podía decir que aquello era sexo? Era hacer el amor. Isla llevaba haciendo el amor con él desde el principio. Por eso el sexo había sido tan incómodo con otras personas. Ella no había podido entregarse, sentirse lo suficientemente cómoda como para expresarse físicamente. Había necesitado que el vínculo fuera más profundo, más fuerte y que tuviera más significado que simplemente ser el de dos cuerpos dándose placer.

¿Y qué vínculo podía tener más significado que el amor?

Rafe se apoyó sobre un codo y comenzó a acariciarle perezosamente el cabello.

—Después de que te marcharas, no dejé de pensar en ti ni un solo día. Todos los días. Y sus noches —confesó—. Estaba furioso contigo, pero, con el tiempo, me di cuenta de que en realidad estaba furioso conmigo mismo.

—¿Por qué?

Rafe le agarró una mano y se la llevó a los labios para besarle cada una de las yemas de los dedos.

—Nunca antes había conocido a nadie como tú. Alguien a quien no impresionara mi dinero o los regalos que compraba o los lugares a los que íbamos. Me gustaba eso sobre ti. Me impresionaba y, créeme, resulta difícil impresionarme. Estaba furioso porque… me dolía perderte. No me había sentido así antes. No me permitía nunca invertir en relaciones donde pudiera haber una posibilidad. Yo no corría esa clase de riesgos.

–Pero conmigo sí lo hiciste –susurró ella, conteniendo a duras penas sus esperanzas. ¿Estaba él a punto de decirle que la amaba?

Rafe se inclinó sobre ella y le dio un delicado beso sobre los labios.

–Deberías venir con advertencia. Manejar con cuidado –bromeó. Sin embargo, sus ojos eran profundos y brillantes.

–Lo mismo digo…

De repente, Rafe volvió a fruncir el ceño.

–Me preocupo por cuánto ha cambiado tu vida por esto –le dijo él tras colocarle la mano sobre el vientre–. Por nuestro hijo. Tú eres la que ha tenido que realizar más ajustes en su vida hasta ahora y, seguramente, así seguirá siendo.

Isla colocó la mano sobre la de él y sonrió.

–Pero tú me acompañarás en todos ellos, ¿verdad?

–No lo dudes, *cara mia*.

Entonces, ¿por qué seguía ella dudando? No dudaba de que la fuera a apoyar durante el resto del embarazo y más allá, pero, ¿y el amor? ¿Y el sentimiento especial que dos personas sienten la una por la otra y que puede llegar a durar toda la vida? El sentimiento especial que Isla sentía por él y que había sentido desde el primer momento que lo conoció.

El amor eterno.

Se preguntó si debería correr el riesgo de decirle lo que sentía. Sin embargo, cada vez que le había confesado a alguien sus sentimientos, había terminado mal cuando era una niña. Por eso, a lo largo de los años, se había enseñado a ocultar y a no sentir. Decirles a los primeros padres de acogida lo mucho que los quería había sido su primer error. A los pocos días, la habían trasladado a otra casa para vivir con otros desconocidos. Desconocidos que, a su vez, habían evocado también sentimientos de gratitud, que había hecho que ella les dijera también que los quería.

Volvieron a trasladarla. Una vez. Y otra.

Como persona adulta, sabía que así era el sistema. Los niños no siempre se quedaban mucho tiempo en una casa debido a que otros niños necesitaban acogidas urgentes, pero, de niña, le había parecido que no era digna de que nadie la quisiera.

Rafe le deslizó un dedo entre las cejas y por el puente de la nariz.

—¿Por qué estás frunciendo el ceño?

Isla le agarró la muñeca y apartó la mano de su rostro.

—Tengo que ir al cuarto de baño. Lo siento.

No estaba preparada para decírselo. No podía decírselo y correr el riesgo de que él la rechazara. O peor aún, que le recordaba que no era digna de ser amada.

Rafe se levantó de la cama y le ofreció una mano para ayudarla a levantarse.

—¿Te encuentras mal?

Isla ignoró la mano y se levantó sola de la cama.

—Estoy bien, Rafe. Es que necesito hacer pis.

«Y necesito estar a solas para poder poner mi delatora lengua bajo control».

El ruido de la cerradura que hizo la puerta del cuarto de baño al cerrarse le pareció a Rafe, en cierto modo, una bofetada. Se mesó el cabello y se volvió a mirar la cama. Se inclinó y estiró las sábanas y deseó poder hacer lo mismo con sus pensamientos. ¿Por qué le había dicho que se había sentido herido cuando ella se marchó? ¿Herido? No. Ese no era un sentimiento que se hubiera permitido sentir nunca. Otra palabra que había borrado de su vocabulario. Se había asegurado de que no le importaba nadie lo suficiente como para sentirse herido.

Sin embargo, de alguna manera, después de disfrutar del buen sexo, había revelado cosas sobre sí mismo que no le había contado nunca a nadie. Hacer el amor con Isla producía un extraño efecto en él y lo había hecho desde el principio. En los instantes después del orgasmo, cuando su cuerpo se sentía relajado y saciado, bajaba la guardia. La cámara acorazada que protegía su corazón desarrollaba una pequeña fisura y dejaba pasar un rayo de luz. Era en ese breve instante cuando se sentía más vulnerable.

No le duraba mucho porque él no lo permitía, pero tan solo el hecho de pensar que ese pensamiento estaba acechando, esperando otra oportunidad de sorprenderle, resultaba increíblemente turbador.

Unos días más tarde, Isla y Rafe volaron a París para la cena benéfica. Se alojaron en la suite del ático que él tenía en el exclusivo Saint Germain. Le había organizado citas con la estilista para que le realizara tratamientos de belleza y se había gastado una fortuna en un vestido premamá. El glorioso vestido azul oscuro dejaba los hombros al descubierto y se ceñía a su figura como si se tratara de un guante. Isla no podía evitar pensar que Cenicienta habría sentido envidia.

A pesar de todo, Isla presentía que cada vez le quedaba menos tiempo para que estallara la bomba. En cuanto se supiera que se iban a casar, lo que seguramente ocurriría después de un evento tan importante como aquel, su vergonzoso pasado quedaría expuesto a la mirada del público. El impacto que tendría en Rafe y en su reputación sería muy importante. Por no hablar del impacto en ella.

Estaba sentada frente al espejo de la cómoda, dándose los últimos toques al maquillaje. Estaba esperando que Rafe fuera a recogerla para ir al baile. Había tenido que bajar un momento a hablar con el gerente del hotel, pero no tardaría en regresar.

Minutos más tarde, oyó que la puerta se abría y sintió que Rafe se dirigía al dormitorio. Cuando llegó, Isla lo miró a través del espejo.

–¿Va todo bien con tu gerente?

–Sí, todo bien –respondió él con una sonrisa. Entonces, sacó un estuche de joyería que llevaba en el bolsillo interior del esmoquin–. Tengo algo para ti.

Isla se puso de pie y lo miró con desaprobación.

–No tenías que bajar a hablar con nadie, ¿verdad?

Rafe sonrió y le entregó el estuche.

–Tuve que pedirle que me abriera la caja fuerte.

Isla tomó el estuche y levantó la tapa para poder admirar un impresionante collar de zafiros y diamantes con pendientes largos a juego.

–¡Dios mío! Son divinos…. Absolutamente maravillosos.

–Como su dueña.

–Me da miedo ponérmelos por si los pierdo… –comentó mientras acariciaba suavemente los delicados diamantes y los hermosos zafiros.

–No te preocupes. Los aseguré hace tres meses.

–¿Habías comprado estas joyas antes de que me marchara?

Los ojos de Rafe reflejaron una mirada extraña. Se encogió de hombros.

–¿Y qué? Es solo un regalo que compré cuando estaba en Nueva York.

¿Solo un regalo? Pues se trataba de un regalo muy caro. ¿Qué significaba? Ella miró las hermosas joyas y tragó saliva.

–No sé qué decir...

–Pues «gracias» sería lo más adecuado –comentó él, con un tono de voz que provocó que ella lo mirara de nuevo a los ojos.

–Oh, Rafe... Es el regalo más hermoso que he recibido nunca. Muchas gracias. Siento no haber estado en tu casa cuando regresaste de Nueva York. No me extraña que te sintieras tan enojado conmigo.

–No era por eso –dijo él. Entonces le quitó el estuche de las manos a Isla–. Ven, deja que te los ponga. Date la vuelta.

Isla se puso de espaldas a él. La piel le tembló delicadamente cuando los dedos le tocaron la piel mientras le abrochaba el collar. Los zafiros hacían destacar los ojos de Isla y ella nunca se había sentido más hermosa ni más anonadada. Rafe le había comprado regalos antes, muchos regalos hermosos y caros, pero aquel era diferente. Isla no era experta en joyas, pero resultaba evidente que aquel conjunto valía una fortuna. Y él se lo había comprado hacía meses.

Rafe le entregó los pendientes de uno en uno, esperando que ella se los colocara. Entonces, sonrió.

–Te sientan muy bien.

–Muchas gracias. Serán siempre un tesoro para mí, pase lo que pase.

Rafe se inclinó sobre ella para darle un beso en la nuca.

–Es mejor que nos demos prisa. Si no, sentiré la tentación de ver qué es lo que llevas puesto debajo de ese vestido.

Isla se echó a reír.

–Pues no mucho...

Los ojos de Rafe se prendieron de un profundo deseo. Deslizó la mano suavemente por el trasero de Isla.

–Eso es lo que me había parecido...

Capítulo 11

EL BAILE se celebraba en un importante hotel de la ciudad, con unas espectaculares vistas a la Torre Eiffel y más allá. Rafe condujo a Isla al interior del hotel, tras atravesar una nube de reporteros, cuyas cámaras no dejaban de dispararles fotos indiscriminadamente. ¿Cómo iba Isla a poder actuar con tranquilidad y comodidad cuando no formaba parte del mundo de Rafe?

El mundo de él era el de las altas finanzas, los destinos exóticos, los eventos glamurosos y la gente aún más glamurosa.

El mundo de Isla era el de los sórdidos y vergonzosos secretos.

Un periodista se acercó y preguntó:

—Rafael Angeliri, hemos oído rumores de que la hermosa mujer que le acompaña es su futura esposa. ¿Es eso cierto?

Rafe estrechó a Isla contra su cuerpo.

—Sí, es cierto. Nos vamos a casar la próxima semana en Sicilia.

Isla tragó saliva y sonrió. Trató de aparentar que estaba acostumbrada a tener cuarenta cámaras dirigidas hacia ella. El periodista miró el abdomen de Isla y preguntó.

—También hemos oído que hay que darles la enhorabuena por otro feliz acontecimiento. ¿Tiene algo que decir al respecto?

–Isla y yo estamos encantados de que nuestro primer hijo vaya a nacer en diciembre –dijo Rafe–. Ahora, si nos excusa, tenemos que entrar.

Otros periodistas trataron de acercarse a ellos, pero Rafe llevó a Isla al interior del hotel. Cuando estuvieron dentro, a salvo ya junto con el resto de los invitados que esperaban para entrar en el baile, Rafe agarró la mano de Isla y le dio un beso en los dedos.

–No ha sido tan malo, ¿verdad?

–Creo que voy a tener que asistir a clases sobre cómo manejar a la prensa –comentó ella con una sonrisa.

–Son gente corriente tratando de hacer su trabajo. Habrá fotos oficiales más tarde, pero, por el momento, trata de relajarte y de disfrutar la velada.

Para su sorpresa, Isla sí que disfrutó de la noche. La comida fue el perfecto ejemplo de la mejor cocina francesa y la mesa y la decoración de la sala de baile tenía un cierto aire a la época de María Antonieta que le daba un cierto ambiente retro.

Rafe no se movió de su lado hasta que se levantó para dar su discurso. Habló en inglés y en un fluido francés sobre la importancia del cuidado de los niños en la comunidad. Las estrategias que proponía para cumplir este propósito eran prácticas y bien pensadas e Isla se sintió increíblemente orgullosa y emocionada.

Cuando él regresó a la mesa después de un estruendoso aplauso, se inclinó sobre Isla para darle un beso en los labios antes de sentarse. Entonces, le tomó una mano y se la colocó sobre el muslo.

–Me alegro de que hayas venido conmigo esta noche. No habría sido lo mismo sin ti.

–Has estado maravilloso. Estoy muy orgullosa de ti –susurró ella mientras inclinaba la cabeza sobre su hombro.

Rafe se volvió a mirarla. Isla sintió una extraña sensación en el estómago. Él le acarició suavemente la mejilla con un dedo.

–¿Quieres bailar conmigo?

–Me encantaría.

Rafe la ayudó a levantarse y la condujo hasta la pista de baile, justo cuando la orquesta comenzaba a tocar una romántica balada. Isla se fundió entre los brazos de Rafe y comenzaron a bailar como si fueran una única persona en vez de dos. Bailar nunca le había parecido un movimiento más fluido y elegante que cuando lo hacía en brazos de Rafe. Terminó una canción y empezó otra y después otra más hasta que Isla perdió la cuenta. Se sentía cautivada por Rafe, por el contacto de su piel y por el aroma que emanaba de su cuerpo.

Rafe la miró con una sonrisa.

–El próximo sábado bailaremos estupendamente el vals después de tanta práctica, ¿verdad?

Un temblor recorrió el cuerpo de Isla al escuchar aquellas palabras. La semana siguiente a aquellas horas, ya sería la esposa de Rafe. Las dudas volvieron a asaltarla. ¿Estaba haciendo lo correcto casándose con él, aunque él nunca le hubiera dicho que la amara? El suyo tan solo sería un matrimonio por obligación. Rafe nunca le había dicho que la amara e incluso le había sugerido que no era capaz de sentir amor por nadie. ¿Estaba siendo una estúpida al conformarse con lo que él le ofrecía en vez buscar el amor que deseaba?

Trató de mantener un rostro neutral, pero él debió de sentir que algo le ocurría, porque la sacó de la pista de baile.

–¿Qué te pasa, *mia piccola?* ¿No te estás divirtiendo?

Isla sonrió para aplacar sus dudas. Tenía que dejar de preocuparse sobre lo que no tenía y disfrutar de lo que sí. Rafe se preocupaba por ella. Estaba dispuesto a cuidar del bebé y protegerlo.

–Me lo estoy pasando muy bien y ha sido una velada fabulosa, pero me estoy empezando a sentir algo cansada.

Y enamorada. Desesperadamente enamorada.

Rafe se inclinó sobre ella y le dio un beso en la frente.

–En ese caso, es hora de que abandonemos el baile y me lleve a casa a mi hermosa Cenicienta.

Rafe se sintió aliviado por marcharse del baile. No le gustaban mucho los actos sociales y, en aquel momento, lo último que le apetecía era charlar con personas que ni siquiera conocía cuando la única persona con la que deseaba estar era Isla. La había echado mucho de menos cuando ella le abandonó hacía tres meses. El vacío que sintió al no encontrarla a su regreso de Nueva York había sido terrible. Aquella noche, mientras bailaba con ella, se había dado cuenta de que estaban en la misma onda físicamente. Le satisfacía profundamente haber sido el único amante con el que ella había gozado y, en cierto modo, también era cierto a la inversa. Nunca había sentido con ninguna otra mujer el intenso nivel de satisfacción que experimentaba con ella.

Cuando estuvieron ya en la suite de su hotel, Rafe la tomó entre sus brazos y la besó suavemente.

–Eras la mujer más hermosa del baile.

Isla le rodeó el cuello con los brazos. Sus ojos eran tan luminosos como dos lagos iluminados por la luz de la luna.

–Tú tampoco estabas muy mal –comentó ella mientras se acercaba sugerentemente a la pelvis de Rafe–, pero ya va siendo hora de que te quites ese elegante traje…

–Vaya, pensaba que estabas cansada…

Isla se apretó un poco más contra él para que Rafe pudiera sentir cada deliciosa curva de su cuerpo. La pícara sonrisa de Isla no tardó en despertarle el deseo.

–Bueno, no tanto…

Ella se puso de puntillas y comenzó a besarle los labios. Rafe le levantó el vestido y la empujó contra la pared. Le cubrió el trasero con las manos. El suave raso del vestido se deslizaba por las curvas de Isla con un sensual sonido.

–Deberías estar descansando. Te he tenido demasiado tiempo en la pista de baile.

Isla le quitó la pajarita y la tiró al suelo. Los ojos le relucían tanto como los diamantes y zafiros que llevaba alrededor del cuello.

–En ese caso, puedes llevarme a la cama ahora mismo, pero tendrás que desnudarme primero.

–No hay problema…

Rafe tiró del vestido hacia abajo y le dejó al descubierto los senos. Las orgullosas y rotundas curvas con los pezones oscurecidos por el embarazo lo dejaron sin aliento. Le bajó un poco más el vestido hasta que este le cayó a los pies, dejando a Isla completamente desnuda a excepción de los zapatos de tacón, las joyas y un minúsculo tanga de encaje. Le cubrió los senos con las manos y gozó con su suave y blanca piel.

–Me dejas sin aliento cada vez que te miro –susurró él con voz ronca. El deseo le ardía como si fueran llamas en la entrepierna.

Isla comenzó a desabrocharle la camisa, pero solo consiguió llegar hasta el tercer botón antes de que Rafe se hiciera cargo de la tarea. Se sacó la camisa por la cabeza y la tiró al suelo, desesperado por sentir las manos de Isla sobre su piel. Ella ya se había puesto manos a la obra y le había bajado la cremallera para encontrar su deseo. Rafe tembló al sentir sus caricias. El modo en el que ella subía y bajaba la mano por la columna de su masculinidad lo volvía loco de necesidad.

Le apartó la mano. Tenía la respiración entrecortada.

–Vamos a tomarnos las cosas con más cal…

–De eso nada.

Isla le besó con pasión. Le deslizó la lengua entre los labios y prendió fuego a su sangre y a su piel. El pulso de Rafe se aceleró y el corazón rugía al ritmo de su deseo.

Él le agarró la cadera con una mano y con la otra arrancó el pequeño tanga que apenas lograba ocultar la feminidad de Isla. Le acarició el húmedo deseo con los dedos, estimulándolos rápidamente hasta que ella comenzó a gritar de placer. Entonces le levantó una pierna y se hundió en ella para experimentar las contracciones del orgasmo en su miembro. Eso provocó un poderoso clímax en él. Gruñó profundamente y se perdió en la tormenta de sensaciones que sacudió cada centímetro de su cuerpo.

Isla le acarició el torso muy delicadamente.

–Eso se parece más al Rafe que conozco.

Rafe aún estaba tratando de recuperar el aliento.

–¿Qué quieres decir?

Ella le trazó un círculo alrededor del pezón con un dedo.

–Desde que he vuelto, me has estado haciendo el amor como si yo estuviera hecha de cristal –comentó con una pícara sonrisa–. Me gusta de las dos maneras…

Un temblor recorrió el cuerpo de Rafe. Nadie podía excitarla como ella. Con una mirada de aquellos maravillosos ojos y una sonrisa era más que suficiente. Todo lo que Isla hacía lo excitaba.

Volvió a agarrarle de nuevo las caderas y colocó la boca a un suspiro por encima de la de ella.

–Veamos qué puedo hacer al respecto…

A la mañana siguiente, Isla se despertó sola en la cama. No había nada inusual al respecto, dado que Rafe solía levantarse temprano. Se apartó el cabello del rostro y se levantó de la cama sonriendo. Hacer el amor con Rafe había sido la manera perfecta de terminar la noche. Sus cumplidos la habían hecho gozar de placer y sus caricias la habían enviado al paraíso una y otra vez.

La noche anterior, había dejado de preocuparse sobre aquellas malditas fotos. Había comprendido que era una tontería someterse a aquel estrés sobre algo que no podía controlar. Rafe le había dicho que se olvidara del asunto, dado que a él no le preocupaba. La semana siguiente a aquellas horas, ya serían marido y mujer. Tenía que centrarse en el futuro y en su hijo, un futuro que tal vez no sería tan perfecto como ella había soñado, pero sí sería seguro y estable.

Se dio una ducha y salió del cuarto de baño aún envuelta en la toalla. En ese momento, vio a Rafe con un periódico en la mano. Tenía una expresión inescrutable en su rostro, pero había algo en él que hizo que Isla se echara a temblar.

—Te has levantado muy temprano…

—Isla, quiero que me prometas una cosa.

—¿Qué-é?

—Prométeme que no vas a mirar los periódicos ni la prensa online hasta que esto pase. ¿De acuerdo?

Isla sintió como si una fría mano le hubiera apretado el corazón.

—¿Esto? —repitió. Entonces, miró al periódico que él tenía en la mano—. Dios… las fotos…

—Tienes que dejar que sea yo el que se ocupe de esto, *cara*. Confía en mí. Yo me ocuparé de todo y tú nunca más volverás a sufrir esta humillación. ¿Comprendido?

La determinación en el tono de su voz la tranquilizó. La promesa que Rafe acababa de hacerle era tan maravillosa como si le hubiera dicho que la quería. ¿Acaso no demostraba eso lo mucho que Isla le importaba?

¿Por qué se preocupaba de que él no le dijera las palabras que cualquiera podría decir, pero no siempre respaldar con sus actos?

—¿Lo harías por mí? —le preguntó con un hilo de voz.

Rafe arrojó el periódico a la basura y se acercó a ella para tomarla entre sus brazos.

—Siento que esto haya ocurrido, pero lo superaremos. No hables con la prensa, pase lo que pase. Eso solo añadirá leña al fuego.

—Lo siento mucho… —susurró ella con los ojos llenos de lágrimas.

Rafe le besó la frente.

—Tú no eres quien debería estar disculpándose. No descansaré hasta que se haga justicia. Tienes mi palabra.

Isla necesitó toda su fuerza de voluntad para pasar por delante de la papelera y no sacar el periódico, para no consultar nada en internet e incluso más aún para dirigirse al aeropuerto con Rafe y no hacer caso a las hordas de periodistas que les esperaban por donde quiera que iban. Sin embargo, no pudo evitar escuchar las preguntas que los reporteros les hacían como si fuera una rápida descarga de ametralladora. Cada pregunta le hería como si fuera una bala. Sentía que la vergüenza le atenazaba, hundiéndola de manera que casi no podía ni andar.

Rafe tenía un brazo sobre sus hombros, protegiéndola de los paparazzi.

—No respondas. Yo estoy contigo. No tienes nada de lo que sentirte avergonzada, *cara*. Son ellos los que deberían estar avergonzados, no tú.

Rafe tenía un aspecto tranquilo y controlado, pero Isla sentía la ira tan intensa que le atenazaba. Sintió pena por quien hubiera publicado las fotos. Ella le había dado todos los detalles que podía recordar del hombre que dirigía el club y Rafe ya había puesto la maquinaria legal en movimiento. Sabía que él lucharía costara lo que costara. Por primera vez, Isla pensó que tal vez habría la posibilidad de que pudieran superar todo aquello. Rafe estaba a su lado y la apoyaba.

Cuando estuvieron por fin en el coche que les estaba esperando, Rafe le agarró la mano y se la llevó a los labios para besársela.

–Juntos superaremos esto, *mia piccola*. No voy a permitir que nadie te haga daño. Estás a salvo conmigo.

A salvo. Eso era algo que Isla nunca había experimentado antes.

–No tienes ni idea de lo mucho que eso significa para mí –dijo ella llena de gratitud.

Su corazón estaba tan lleno del amor que sentía hacia él que le sorprendió que Rafe no se percatara. ¿Qué importaba que él no la amara? Ella tenía suficiente amor para ambos. Tal vez, con el tiempo, Rafe llegara a amarla. De lo que estaba segura era de que amaría a su hijo.

Por fin llegaron a Mondello, pero el coche aún no se había detenido frente a la puerta de la casa cuando Concetta salió corriendo de la mansión con un gesto de preocupación en el rostro.

–*Signor,* debe usted darse prisa. Acaban de llevar al hospital a la *signora* Bavetta.

Isla sintió que el alma se le caía a los pies. ¿La *nonna* de Rafe estaba enferma?

Rafe salió del coche con un gesto de tensión en el rostro.

–¿Por qué no me ha avisado nadie antes?

–Maria, su ama de llaves, acaba de llamar ahora mismo

–contestó Concetta–. La acaban de llevar al hospital privado de Palermo, donde fue la última vez que se cayó.

–¿Se ha vuelto a caer?

–No –respondió Concetta mirando a Isla–. Estaba leyendo algo en su tableta cuando se sintió indispuesta de repente.

Isla sintió que se le hacía un nudo en el estómago. ¿Había visto la abuela de Rafe el escándalo sobre su pasado en la prensa? ¿Era culpa suya la enfermedad de la abuela de Rafe? Lo miró a él y se agarró con fuerza el pecho. Su pasado no iba a dejarla en paz nunca. Siempre iba a perseguirla.

–Quédate aquí, *cara* –le dijo Rafe mientras le tocaba suavemente el brazo–. Tienes que descansar. Te llamaré cuando haya descubierto cómo está.

Isla le agarró la muñeca. Tenía los ojos llenos de lágrimas.

–¿Por qué no puedo ir contigo? Quiero apoyarte…

La sombra que se reflejó en la mirada de Rafe solo estuvo allí unos minutos antes de que él parpadeara. Sin embargo, permaneció lo suficiente como para que Isla comprendiera que no tenía lugar a su lado. No podía estar con él junto a la cama de su abuela dado que había sido su escándalo lo que había causado el colapso de su abuela.

–No, Isla. Debes quedarte aquí y descansar –afirmó sin posibilidad de resistencia–. No hay nada que puedas hacer en estos momentos.

«Sí, claro que lo hay», pensó Isla con el corazón afligido. «Y debería haberlo hecho mucho antes».

Capítulo 12

ISLA metió unas cuantas cosas en una bolsa de viaje y reservó un vuelo en Internet para regresar a Londres en vez de a Edimburgo. Necesitaba un tiempo sola antes de volver a Escocia para solucionar su desastrosa vida. Si Rafe la encontraba antes de que ella tuviera tiempo de pensar en su futuro, podría sentir la tentación de quedarse de nuevo con él. Sin embargo, ¿cómo podría hacerlo sabiendo que era su pasado lo que había provocado que la abuela de Rafe cayera enferma?

Su pasado no iba a desaparecer, por mucho que lo deseara ni por mucho dinero que Rafe gastara en abogados. Era una mancha imborrable que se había ido extendiendo hasta que había empezado a manchar a otros. A hacer daño a otros, a Rafe, el hombre al que amaba más que nadie en el mundo. Al que amaba más que a su propia felicidad.

Llamó a un taxi y se puso a esperar en el vestíbulo a que llegara. De repente, Concetta apareció desde detrás de una de las columnas de mármol con una expresión ceñuda en el rostro.

–¿Se marcha? ¿Otra vez? –le preguntó el ama de llaves muy preocupada–. No debe hacerlo. El *signor* se pondrá…

–Lo siento, Concetta, pero debo marcharme –dijo ella tratando de contener sus sentimientos–. Estoy segura de que lo comprendes. Yo no pertenezco a esta vida. Tú siempre lo has pensado. Puedes negarlo si quieres, pero los dos sabemos ahora que no le traeré más que problemas.

–Admito que no sentí simpatía alguna por usted al principio, pero era porque no creía que estuviera siendo sincera con él. Ahora, veo que es usted buena para *signor* Angeliri. Le hace sonreír y relajarse. No trabaja tanto cuando está usted aquí. No se puede marchar así. La boda es el sábado que viene.

–No va a haber boda. Jamás debería haber accedido a casarme con él.

–Usted promete cosas y luego no las cumple –le espetó Concetta–. Es mejor no hacer promesas para no dar falsas esperanzas a la gente.

Isla se dio cuenta de que, aparte de Rafe y su abuela, también había defraudado a Concetta.

–No he tenido mucho tiempo para trabajar en el retrato de tu hija, pero, cuando esté terminado, te lo enviaré. Te lo prometo. Y también el de la abuela de Rafe.

–¡Bah! Si vive para verlo.

En ese momento, la puerta principal se abrió. Rafe entró en la casa y frunció el ceño.

–¿Qué está pasando aquí? ¿Por qué hay un taxi esperando en la puerta?

–Su prometida… –contestó Concetta pronunciando la palabra como si estuviera escupiendo la pipa de un limón–… se marcha.

La expresión de Rafe se volvió inescrutable.

–Te ruego que nos dejes a solas, Concetta. Isla, vamos al salón. Ahora mismo.

Rafe hizo ademán de agarrarle el brazo, pero ella se zafó.

–¿Cómo está tu abuela? ¿Está…? –le preguntó, sin poder completar la pregunta por miedo a la respuesta.

–Sufrió un ictus leve, pero no hay nada de lo que

preocuparse. El geriatra le ha recetado una medicación para que tenga la sangre más líquida y estará en casa dentro de un par de días. Sin embargo, eres tú quien me preocupa. ¿Qué es lo que está pasando aquí? ¿Te ha molestado Concetta?

Isla recogió la bolsa de viaje y se la colgó del hombro.

–Lo siento, Rafe, pero tengo que marcharme. Esto no va a funcionar. Fui una estúpida al pensar que…

–¿Qué ha ocasionado esta reacción?

–Soy yo, Rafe. Yo. Tú. No podrá funcionar nunca. Solo nos traerá vergüenza y desgracias para ti y tu familia.

–Te dije que yo me ocuparía de lo de las fotos –dijo él con aspecto cansado–. Tengo a mi gente trabajando en ello en estos momentos. Tienes que confiar que…

–¿Y qué ocurre mientras tanto? –replico Isla–. ¿Permanecemos sin hacer nada y vemos cómo le da otro ictus a tu abuela cuando vea más fotos de esas por todas partes? No puedo permitir que eso ocurra. No se lo puedo hacer ni a ella ni a ti.

–*Nonna* habría tenido el ictus en cualquier caso. El médico dijo…

–Entonces, no vas a negar que vio las fotos en su tableta y que eso le provocó un disgusto lo suficientemente grande como para…

–Isla, no es culpa tuya…

–¿Cómo no va a serlo? Después, será tu empresa la que se resienta. Cancelarán contratos por mi causa. Esa organización benéfica te cesará como presidente… No voy a permitir que todo eso ocurra. No voy a hacerte eso.

–Entonces, lo que estás haciendo ahora sí que está bien, ¿verdad? Vuelves a huir. Te marchas porque la situación se ha vuelto un poco incómoda. No es así como se manejan las situaciones difíciles que ocurren en la vida, Isla. Tienes que aprender a afrontarlas.

–Las estoy afrontando a mi manera –replicó ella levantando la barbilla.

–¿A tu manera? –repitió Rafe con una carcajada–. Tu manera es infantil e inmadura. Vas a tener un bebé. Mi bebe. No puedes huir cuando las cosas no salen tal y como habías esperado.

–No estoy huyendo. Estoy apartándome de una situación que nos hará daño a los dos y a nuestro hijo a la larga.

Isla se sintió orgullosa del tono tranquilo de su voz, a pesar de la tormenta de sentimientos que tenía en el pecho. Rafe tenía el ceño fruncido. Abrió y cerró la boca varias veces, como si estuviera buscando las palabras correctas.

–Estás hablando muy en serio –dijo él. No era una pregunta, sino más bien una expresión de su resignación.

–Así es. Me marcho a casa dentro de un par de horas. Te mantendré informado del progreso del bebé y te enviaré una copia de la próxima ecografía.

–Quiero estar presente cuando nazca –afirmó él. Había una cualidad extraña en él que Isla no había escuchado antes. Sin embargo, la expresión de su rostro permaneció inescrutable.

Isla asintió.

–Por supuesto.

–En ese caso, yo te llevaré al aeropuerto –anunció él mientras trataba de quitarle la bolsa de viaje.

–No. Preferiría que no lo hicieras. No me gustan las largas despedidas.

–Sí, supongo que eso ya debería saberlo. Debería sentirme agradecido de haber podido verte antes de que te fueras. ¿O acaso me has dejado una nota como la otra vez?

Isla se sonrojó.

–Iba a escribirte un mensaje cuando estuviera en el avión.

–Muy magnánimo por tu parte.

Isla dejó escapar un suspiro y cerró los ojos durante un instante.

–No hagas esto, Rafe.

–¿Qué no haga qué? –le preguntó ella con otra sonora carcajada–. ¿Mi prometida decide que va a terminar con nuestra relación pocos días antes de la boda y se supone que no tengo que estar ni enfadado ni disgustado?

–Nunca quise ser tu prometida en un principio –dijo ella, enfadada–. Tú fuiste el que insististe en el matrimonio. Puedes ser padre sin ser esposo. Y, te aseguro, que serás mucho mejor padre sin mí como esposa.

–¿Es esta tu decisión final? –le espetó ella con voz gélida.

–No hay nada que puedas decir que me haga cambiar de opinión.

Rafe se metió las manos en los bolsillos.

–Me aseguraré de que dispongas de suficiente dinero en tu cuenta para ayudar con los gastos.

–No tienes que...

–No me digas lo que tengo que hacer, Isla –replicó él con amargura–. Pienso ocuparme de mi hijo. Ahora, es mejor que te vayas. No querrás perder el vuelo.

Isla salió de la casa y se dirigió al taxi. Sentía el corazón como si tuviera una losa. El peso de la tristeza, de la desilusión, la estaba hundiendo y le recordaba constantemente lo peligroso que era amar a alguien para luego perderlo.

Se metió en el coche y permitió que Rafe cerrara la puerta. Entonces, él dio un paso atrás y se metió las manos en los bolsillos de nuevo.

–Que tengas buen viaje.

–Gracias –dijo Isla forzando una sonrisa.

Rafe se dio la vuelta y regresó a la casa. Cerró la puerta antes de que el taxista pudiera arrancar el vehículo.

Rafe contuvo el aliento y escuchó cómo el taxi se alejaba de la casa. Entonces, lanzó una maldición. Se sentía furioso y no había palabras para poder expresar lo enojado que estaba. Una vez más, Isla lo había sorprendido y había soltado la bomba de que se marchaba. Sentía una fuerte presión en el pecho y le costaba respirar. Era como si tuviera una barra invisible de acero sobre el corazón, que se lo aplastaba hasta que se quedaba sin oxígeno. Nunca había tenido un ataque de pánico en toda su vida, pero estaba seguro de que se parecía mucho a lo que estaba sintiendo en aquellos momentos. Ya lo había experimentado antes y lo había superado. Volvería a superarlo.

Se mesó el cabello con una mano. Sentía tal frustración que le habría gustado darle un puñetazo a la pared, pero quería que su mano agradeciera mucho el contacto con el mármol. Lanzó un grito y trató de tranquilizarse.

Concetta apareció como un fantasma. Estaba muy pálida.

–¿Se ha ido?

–Supongo que ahora estarás contenta. Nunca te gustó, ¿verdad?

–Al principio no, es cierto, pero luego me di cuenta de que lo ama a usted y eso es lo único que importa.

–¿Cómo dices? –preguntó Rafe. Se había quedado atónito con lo que acababa de escuchar.

–Ella lo ama, *signor*. Habría que estar ciego para no verlo.

–Estás equivocada –dijo Rafe–. Si me ama, ¿por qué

diablos se acaba de marchar en un taxi para ir al aeropuerto?

–¿Le ha dicho usted que la ama a ella?

Rafe dejó escapar un suspiro de frustración.

–¿A qué viene la obsesión con esa palabra? Estoy dispuesto a casarme con ella, a cuidar de ella y de nuestro bebé. ¿Acaso no es suficiente?

Concetta se cruzó de brazos y sacudió la cabeza. Evidentemente, estaba muy desilusionada con él.

–Amar a alguien no es solo palabras, sino también actos. Sus actos, *signor*, hablan más alto que ninguna otra palabra, pero ella necesita escucharlas

¿Sus actos? ¿Qué decían sus actos aparte de que estaba dispuesto a aceptar la responsabilidad del hijo que habían concebido? Sentía aprecio por Isla, la deseaba, la necesitaba tal y como necesitaba respirar, ¿pero amarla? Era una palabra de la que huía. Una palabra que se utilizaba demasiado libremente. Se la había oído a su padre constantemente a lo largo de su infancia, demasiadas veces. Y, sin embargo, cuando tuvo que elegir entre sus dos familias, el amor de su padre por Rafe desapareció. Se evaporó como un fantasma de una película de terror.

–Aún tiene tiempo para alcanzarla si se da prisa –le dijo Concetta.

Rafe desechó la idea inmediatamente. Él ya no suplicaba a nadie que se quedara con él.

–Ella ha tomado una decisión. Por una vez, voy a respetarla.

Isla aterrizó en Londres y encontró un hotel barato en el que alojarse. Sin embargo, su corazón seguía en Sicilia. Sentía un vacío en el pecho que nada podía llenar. Incluso el bebé parecía más inquieto que de costumbre.

Lo único bueno del viaje era que parecía que el escándalo no la perseguía. No había periodistas por ninguna parte ni portadas que documentaran su vergüenza. Los periódicos ingleses tenían otros escándalos de los que ocuparse.

Se sentó en la cama y miró el teléfono. No había llamadas perdidas ni mensajes de Rafe. Suspiró y lo arrojó a un lado. Estaba demasiado cansada para quitarse la ropa de viaje y meterse en la cama. Estaba a punto de quedarse dormida, cuando su teléfono empezó a sonar. Lo contestó rápidamente.

—Ah, hola, Layla.

—¡Vaya, qué entusiasmo! ¿Se ha muerto alguien?

—Casi. Y ha sido culpa mía.

—¿Cómo? ¿Qué es lo que ha ocurrido?

Isla le contó a su amiga la hospitalización de la abuela de Rafe y todo lo ocurrido.

—Así que, como comprenderás, he tenido que marcharme porque volvería a ocurrir. No puedo hacer que mi pasado desaparezca.

—No, pero Rafe tal vez sí. Le costará una pasta, pero si te ama, ¿qué es para él unos cuantos miles de libras más o menos?

—Él no me ama —suspiró Isla—. Se siente responsable de mí. Se preocupa por mí y por el bebé, pero amor… No lo creo. Si así fuera, ¿por qué ni siquiera me lo ha dicho?

—¿Sabes cuál es tu problema? Yo lo sé, porque tengo el mismo problema que tú —comentó Layla—. No has experimentado una infancia segura y llena de cariño, así que no reconoces el amor ni aunque lo tengas delante de las narices. No te fías ni aun cuando lo puedes ver. Creo que si un hombre está dispuesto a gastarse miles de libras para protegerte de la humillación, está completamente loco o locamente enamorado.

¿Podría ser eso cierto? ¿La amaba Rafe?

–Nunca me ha dicho que me ame…

–¿Se lo has dicho tú a él?

–No, pero…

–¡Ja! Pues ahí tienes tu problema. Los dos sois demasiado orgullosos para expresar lo que sentís. Alguien tiene que dar el primer paso para ser vulnerable.

–De repente, pareces una experta en relaciones.

–Y lo soy –comentó Layla con una carcajada–, aunque no he tenido nunca una relación romántica ni es muy probable que la tenga.

Unos minutos más tarde, Isla dio por terminada la llamada. Se metió en la cama con el teléfono contra el pecho. ¿Debería llamar a Rafe? Se mordió el labio y miró la pantalla. Esa llamada podría añadir incluso más dolor a su vida. ¿No era mejor dejar las cosas como estaban? Ella le había dicho todo lo que necesitaba decir. Si no hubiera sido por el bebé, jamás habrían reanudado su relación. Ella tan solo sería otra examante de la que él se olvidaría con el tiempo.

Sin embargo, ella necesitaría todo el tiempo del mundo para olvidarse de él.

Capítulo 13

RAFE ni siquiera se metió en la cama para intentar dormir. Pasó las primeras tres noches en un sillón porque evitaba entrar en el dormitorio que había compartido con Isla. A veces, el sueño le vencía por puro agotamiento, pero se despertaba donde había estado hacía tres meses, pero sintiéndose peor aún. Mucho peor.

No sabía cómo iba a poder funcionar sin Isla. Ella añadía color a la aburrida paleta de su vida. La casa le parecía una cárcel y su ama de llaves una funcionaria de prisiones que lo miraba sacudiendo la cabeza y chascando la lengua sin ni siquiera molestarse en ocultarlo.

De repente, el teléfono sonó. Él lo agarró rápidamente con el corazón acelerado, pero sintió una profunda desilusión al ver que era el número de su padre el que aparecía en pantalla. Lo último que necesitaba en aquellos momentos era una llamada de su padre.

Se levantó y se dirigió a la ventana. Estaba lloviendo y el tiempo encajaba perfectamente con su estado de ánimo. Le parecería un insulto a lo que estaba sufriendo que el sol saliera y brillara en el cielo.

La llamada se cortó, pero el teléfono volvió a sonar inmediatamente. Era su padre otra vez. No le quedó más remedio que responder.

—Padre —le dijo. Nunca le llamaba papá. Llevaba sin hacerlo desde los trece años.

—He oído que tu compromiso se ha roto y quería

mandarme mi más sincera simpatía. Debes de estar sufriendo mucho.

—Gracias, pero estoy bien. No estoy sufriendo –mintió.

Su padre suspiró.

—Sé que yo te hice así y lo siento.

—¿Que me hiciste cómo? ¿De qué estás hablando? Mira, no tengo tiempo ahora para esto, así que…

—Me merezco eso y más, Rafe, pero te ruego que me escuches. Siempre he lamentado necesitar el dinero de tu madrastra más de lo que necesitaba el amor de tu madre. Al final, arruinó la vida de todos. La tuya, la de tu madre, la de tu madrastra y la de tus hermanastros. Y la mía. No quiero que termines como yo, rodeado de dinero y de posesiones, pero sin nadie que te ame de verdad. Ellos solo aman el estilo de vida que yo les proporciono. Tu madre me amaba por lo que yo era, con todas mis carencias. Fue un regalo que desprecié y me he lamentado desde entonces.

—Tus lamentaciones llegan demasiado tarde. Mamá lleva veinte años muerta.

—Lo sé y por eso me arrepiento aún más. Pensé que estaba tomando la decisión correcta. Solo podía cuidar de ti y de tu madre y de mi otra familia si permanecía casado. Si me hubiera divorciado, nos habría arruinado a todos. Tú no te habrías podido educar en Inglaterra, para empezar. Y habría tenido que vender el apartamento de tu madre. Sopesé los pros y los contras e hice lo que pensé que era mejor dadas las circunstancias. Jamás dejé de amarte, Rafe. Me sentí avergonzado por lo que te había hecho a ti y a tu madre y eso me hizo evitarte porque sentía miedo de enfrentarme a ti. Ver en tu rostro el desprecio que sentías por mí.

—Buen discurso, pero has tenido veinte años para prepararlo.

–Mira, no cometas el mismo error siendo demasiado orgulloso para aceptar que te has equivocado. Lucha por tu amor. No dejes que se te escape entre los dedos por testarudez y orgullo.

–Mira, te agradezco que te hayas tomado la molestia de llamarme, pero…

–¿Pero no la amas? ¿Es eso lo que vas a decir?

Rafe se frotó la nuca. ¿Qué era lo que sentía por Isla aparte de un profundo dolor en el pecho causado por su ausencia? Un vacío que le impedía entrar en el dormitorio, donde aún flotaba su perfume y veía su ropa. Tendría que mudarse de casa o enfrentarse a lo que estaba sintiendo. Lo que había hecho todo lo posible por ignorar desde el momento en el que la conoció.

La amaba.

La amaba tanto que le había aterrorizado hasta el punto de negarlo. Sin embargo, ya no podía ocultar sus sentimientos. Tenía que decírselo y esperar que ella sintiera lo mismo. Si no era así, tendría que enfrentarse a ello y darle la libertad que ella le había pedido. Sin embargo, él deseaba que fuera su esposa y que estuviera a su lado durante el resto de su vida.

–Sí que la amo, papá –dijo Rafe. Resultaba extraño que la primera persona a la que se lo decía era la última a la que siempre había pensado que se lo diría–. La amo y tengo que ir a buscarla antes de que sea demasiado tarde. Ya te llamaré, ¿de acuerdo? Tal vez podríamos vernos en alguna ocasión.

–Me gustaría, Rafe –susurró su padre con un nudo en la garganta–. Me gustaría mucho.

Isla había recogido todas sus cosas y estaba lista para tomar el tren a Edimburgo cuando se hubiera marchado del hotel. Estaba a punto de recoger su bolsa para dirigirse a la estación de tren cuando alguien llamó a la puerta de su habitación. Cuando abrió, sintió que se le hacía un nudo en la garganta.

–Rafe...

–¿Puedo entrar?

–Sí, claro –respondió ella haciéndose a un lado. Vio que Rafe tenía profundas ojeras en el rostro y parecía que no había dormido en mucho tiempo–. ¿Cómo me has encontrado? –añadió tras cerrar la puerta.

–¿Te marchas? –le preguntó Rafe al ver la bolsa de viaje sobre el suelo.

–Regreso a Edimburgo en el tren de esta noche.

–Isla, no regreses a Escocia. Vente a casa conmigo. Por favor. No debería haber dejado que te marcharas sin...

–Rafe, ya hemos tenido esta conversación. He tomado una decisión y tienes que aceptarla. No soy la esposa adecuada para ti. Solo provocaría tristeza y sufrimiento en tu vida.

–Estoy triste y sufro sin ti –dijo Rafe–. No puedo dormir ni comer. Te echo tanto de menos... Te amo. Lo he estado ocultando todo este tiempo. Me enamoré de ti en el momento en el que te conocí, pero me he resistido a conocerlo desde entonces. ¿Me podrás perdonar alguna vez?

–¿Me amas? ¿Estás seguro o tan solo lo dices para salirte con la tuya?

–Supongo que me lo merezco. La primera vez que le digo a una mujer que la amo y ella cree que no lo digo en serio. Te amo y quiero pasarme el resto de mi vida demostrándotelo. No puedo soportar pasar otro día más sin ti. Lo eres todo para mí. Sin ti, estoy a medias.

Isla trató de controlar el temblor que tenía en los labios, pero no lo pudo conseguir. Los ojos se le llenaron de lágrimas, que se secó con el reverso de la mano.

–¿Por qué has esperado hasta ahora para decírmelo? ¿Por qué no me lo dijiste hace cuatro días?

–¿De verdad que solo han pasado cuatro días? –dijo él mientras le agarraba las manos y tiraba de ella–. Me han parecido cuatro décadas. Fui un estúpido entonces y un estúpido aún mayor hace tres meses, cuando no hice esfuerzo alguno por encontrarte y decirte lo que sentía. Cuando nos conocimos, me quitaste el hielo del corazón. Luché y lo negué tanto tiempo como pude. Amar a alguien me aterrorizaba porque le daba a esa persona el poder de hacerme daño si me abandonaban. Eso fue lo que sentí cuando mi padre se marchó hace ya tantos años y me prometí que no volvería a experimentar ese dolor. Sin embargo, terminé perdiéndote a ti, el amor de mi vida

Isla le rodeó el cuello con los brazos y se apretó con fuerza contra él.

–No me has perdido, cariño. Estoy aquí. Yo también te amo. Como tú, me he estado ocultando de mis sentimientos, porque estaba demasiado asustada de que me rechazaran de nuevo, tal y como me ocurrió tantas veces cuando era niña.

Rafe la besó apasionadamente. Después de un largo instante, se apartó de ella para mirarla.

–Tengo algo que decirte. Ese tipo asqueroso no te volverá a molestar. Hay cargos en su contra sobre otros asuntos que le meterán en la cárcel durante un largo tiempo. No puedo garantizar que las fotografías no volverán a aparecer en el futuro, pero en esta ocasión, nos enfrentaremos a ello juntos. Ningún escándalo del pasado será lo suficientemente grande como para separarnos.

–Oh, Rafe… No sé cómo darte las gracias…

Él le enmarcó el rostro entre las manos y la miró profundamente a los ojos.

–Cuando te marchaste la segunda vez, no me di cuenta del significado de lo que dijiste hasta más tarde. Dijiste que yo sería mejor padre sin ti como esposa. Eso me hizo darme cuenta de lo mucho que trataste de protegerme de tu pasado y que actuaste según lo que creías que me beneficiaba más. Siento no haberlo visto en ese momento. Mi padre me dijo algo similar ayer sobre la razón por la que hizo lo que hizo en el pasado. Comprendí que he estado ciego para con él también. He permitido que mi ira superara todo lo demás. ¿Me podrás perdonar alguna vez por haberte dejado marchar no una, sino dos veces?

–Por supuesto que te perdono –susurró ella tras besarle varias veces en los labios–. Te amo.

–Yo también te amo. Probablemente no te puedes imaginar cuánto siquiera. Yo estoy empezando a comprenderlo y no puedo creer que estuviera tan ciego con mis sentimientos. Antes de conocerte, era como un robot, que no sentía nada por nadie. No me permitía acercarme a la gente. Sin embargo, tú lo has cambiado todo y me dio tanto miedo que lo negué. Mi testarudez ha estado a punto de arruinar nuestras vidas –dijo mientras la estrechaba con fuerza contra su pecho–. Haré todo lo que pueda para compensarte, pero tendrás que darme cincuenta años más o menos para hacerlo. ¿Te parece bien?

Isla lo miró con una amplia sonrisa.

–Me parece perfecto.

Bianca

Ella le dio un hijo….y conseguiría convertirla en su reina

EN EL REINO DEL DESEO

Clare Connelly

N° 2764

La vibrante artista Frankie se quedó perpleja cuando el enigmático desconocido al que había entregado su inocencia reapareció en su vida. Sus caricias habían sido embriagadoras, sus besos, pura magia… y su relación había tenido consecuencias que Frankie no había podido comunicar a Matt porque había sido imposible localizarlo. Pero no se esperaba recibir una sorpresa aún mayor: ¡Matt era en realidad el rey Matthias! Y, para reclamar a su heredero, le exigía que se convirtiera en su reina.

Acepte 2 de nuestras mejores novelas de amor GRATIS

¡Y reciba un regalo sorpresa!

Oferta especial de tiempo limitado

Rellene el cupón y envíelo a

Harlequin Reader Service®
3010 Walden Ave.
P.O. Box 1867
Buffalo, N.Y. 14240-1867

¡Sí! Por favor, envíenme 2 novelas de amor de Harlequin (1 Bianca® y 1 Deseo®) gratis, más el regalo sorpresa. Luego remítanme 4 novelas nuevas todos los meses, las cuales recibiré mucho antes de que aparezcan en librerías, y factúrenme al bajo precio de $3,24 cada una, más $0,25 por envío e impuesto de ventas, si corresponde*. Este es el precio total, y es un ahorro de casi el 20% sobre el precio de portada. ¡Una oferta excelente! Entiendo que el hecho de aceptar estos libros y el regalo no me obliga en forma alguna a la compra de libros adicionales. Y también que puedo devolver cualquier envío y cancelar en cualquier momento. Aún si decido no comprar ningún otro libro de Harlequin, los 2 libros gratis y el regalo sorpresa son míos para siempre.

416 LBN DU7N

Nombre y apellido	(Por favor, letra de molde)
Dirección	Apartamento No.
Ciudad	Estado	Zona postal

Esta oferta se limita a un pedido por hogar y no está disponible para los subscriptores actuales de Deseo® y Bianca®.
*Los términos y precios quedan sujetos a cambios sin aviso previo.
Impuestos de ventas aplican en N.Y.

SPN-03   ©2003 Harlequin Enterprises Limited